美しい日本語が 話せる 書ける 万葉ことば

上野 誠

GENTOSHA

まえがき

よく、「よい言葉を覚えなさい」といわれます。「正しい言葉を覚えないといけません」ともいわれます。しかし、私はそういう話を聞くと、大切なことを忘れているのではないかと思ってしまいます。それは、言葉とは心を表すものであるから、まずは心が大切ではないのかということです。ですから、言葉を鍛えるというのは、心を磨くということと一体のはずです。

私の近所に、頼まれたというわけでもないのに、毎朝公園の砂場を掃いている人がいます。よく見ると、石やガラス、釘などが紛れ込んでいないか、見ているようです。やって来たお子さんが、怪我をしないように、見守ってくださっているのです。私は、公園を通りかかる時に、「おはようございます」と声をかけるようになりました。そのうち、

今日は、寒いですねぇ

今日は、暑くなりそうですねぇ

などと、声をかけるようになりました。また、春になれば、

と話すようになりました。花冷えとは、桜の花が咲くころに、急に冷え込む日のことをいいます。こういう言葉を自由自在に私はかけられるわけではありませんが、早く自由にかけられるようになりたいと心がけています。

では、大切なこととは、何なのでしょうか。

大切なこととは、地域の子供たちのために、砂場をきれいにしてやろう、安全にしてやろうという気持ちを持っている方に対する敬意です。誰かから頼まれたわけでもないのに、ただ家の前に公園があって、砂場があるというだけで、子供のために、砂場を掃く人。そういう人に対して、感謝の気持ちを込めてごあいさつをする。

そういう気持ちがあれば、どうやったら、気持ちのよいごあいさつができるか、どうやったら、季節の話題で心をなごませることができるようになるか、自然に考えるようになります。

さて、俳句には、必ず入れなければならない言葉があります。これを「季語」といいます。「花冷え」の花といえば、桜のことですから、桜のころの季節というと、春というこ

とになります。いや、秋に咲く花だってあるぞ、という人もいるかもしれませんが、季語というものは、約束事なので、「花冷え」といえば春の季語です。国語のテストにこれはよく出題されます。テストで、よい点をとることは大切です。だから、「花冷え」と出てきたらすぐに春の季語だとわからねばなりません。

でも、そこで終わってしまう人は、本当の意味で、その言葉を知っている人ではないと思うのです。桜の花が咲きはじめたのに、今日はなぜか、寒いなぁ。砂場の前を通りかかるときに、そこで掃除をしてくださっている人に、「花冷えですねぇ」とごあいさつしてみたいものだ。そうすれば、さわやかな朝のごあいさつになる。そう思って、「花冷え」という言葉を使える人が、本当の意味で言葉を知っている人なのです。

万葉集に出てくる言葉で、自分の心も人の心も耕したい。この本は、そんな思いで書こうと思います。

万葉集は、八世紀の中葉にできた歌集です。つまり、七世紀と八世紀に生きた人びとの歌が収められている歌集なのです。その数、四五一六首。二十巻からなる書物です。私は、「上野先生、万葉集って、どういう歌集なんですか？　ひと口でいうと……」と聞かれると、こう答えることにしています。

八世紀の声の缶詰です

八世紀の言葉の文化財です

その万葉集に使われている言葉が、「万葉ことば」です。

「万葉ことば」などというと、何やら難しそうに聞こえますが、ようするに、古い日本語です。古い日本語ですから、日本語であることに変わりはありません。

言葉というものは、多くの人が使ってこそ、磨きあげられてゆくものなのです。だから、言葉は、伝統を守るものなのです。日本語を使うということは、

日本語の伝統のなかで言葉を使う

日本語の伝統のなかでものを考える

ということにほかならないのです。

だとしたら、万葉集の言葉を学ぶということは、日本語の伝統のよき理解者になるということになります。なにせ、日本最古の歌集に登場する言葉なのですから。

私は、この本で、すべての日本人は万葉ことばに帰れ、などということをいいたいのではありません。そんなことは、もし望んだとしてもできないことです。私がいいたいのは、

万葉集に出てくる言葉を知ることによって、われわれは、こんなに豊かな言葉の世界を知ることができるよ。そうすれば、日本語の伝統のなかで生きていることが実感できき、心を磨くことができるよ

ということなのです。ですから、この本は、万葉集に出てくる言葉を使った、日本語練習帳といったところでしょうか。

言葉の深み
伝統にひたる楽しみ

を味わってみてください。

美しい日本語が 話せる 書ける 万葉ことば もくじ

装丁　石間淳
カバーイラスト　北原明日香
本文イラスト　市川興一
ＤＴＰ　美創
編集協力　新保寛子（オフィス２０１）

第一章
ずっと伝えていきたい美しいことば

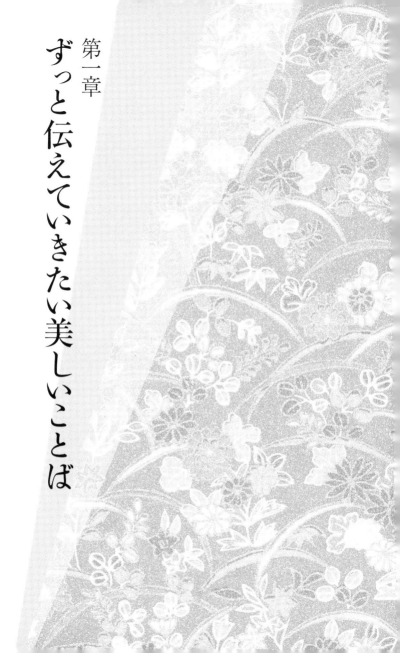

さきく

「幸い」という言葉は残っていますが、「さきく」という言葉は、現在では使われなくなってしまいました。この「さきく」の「さき」に、「ま」という言葉をつけたのが「まさきく」です。したがって、現代語で「幸いであれば」というべきところを、万葉集では、「まさきくあれば」というのです。

このように見てゆくと「さき」という言葉に幸いという意味があることがわかるでしょう。「さき」は、現在の「さち」すなわち「幸《こう》」だと思われます。

したがって、「ここにさちあれ」といえばそれは、何かを祝福する意味合いを持つのです。この言いまわしは、案外応用範囲が広いので便利です。たとえば、結婚式でも、新築祝いでも、入学式でも、卒業式でも使えます。古典の言葉の「さきくあれ」「まさきくあれ」も、同じです。私なら新築祝いのパーティーの席で、こんなあいさつをするでしょう。

「新しい家ができ、ここにさらなる幸福な生活がはじまります。ここにさちあれ、さきくあれ、まさきくあれと祝福したいと思います。」

はだれ

山登りを楽しむ人なら、山肌に雪が残っているところを「はだれ」という言葉で表現することを知っているはずです。雪や霜などが、うっすらと降り積もった状態が「はだれ」です。具体的には、地肌、岩肌などがところどころ見える状態ということができます。

同じことを表す言葉に「ほどろ」という言葉があります。もちろん、これは雪だけをいうのではありません。花びらでもよいのです。花びらが、散って地肌を覆うも、まだ全面が隠れるほどでなければ「はだれ」といってもよいのです。

雪や花が地面に舞い散って、それがあたかも、まだら模様のように見えることがありますが、そういう状態に、美を見出《みいだ》すことがあるのです。美は、発見されるものであるといいますが、はだれの美というものがあるといってもよいでしょう。

もし、お茶会に呼ばれたらこんな会話を楽しめます。

「お庭の桃の花が散って、苔の上に降り敷いているのを見ると、まさしく〝はだれ〟で、紅色と苔の緑のコントラストが美しいですね。」

はつはな

「はつはな」というのは、当然、その年はじめて咲いた花のことです。その年にはじめて市場にかつおが出まわったら、それが「はつがつお」です。はじめてやってきた人は「はつがお」ということになります。

しかし、「はつはな」「はつがつお」「はつがお」というと、そのはな、そのかつお、その顔をはじめてみとめた時が、初なのです。したがって、「はつはな」といっても、あぁはじめて今年桜を見たと思えば「はつざくら」となります。

初物を見ると縁起がよい。初物を食べると長生きするといいますが、はじめてのものには、力があるという考え方がその背景にはあるのです。サプリメントでいえば、細胞を活性化させるということでしょうか。それは、はじめてものを見た驚きや、喜びからくるのでしょう。

私なら、こんな見舞い状を送ると思います。

「その後、お具合はいかがでしょうか。昨日、梅の初花を見ました。おそらく、ウグイスの初鳴きを聞くころには、ご退院と存じますが、今は治療ご専一とお祈り申し上げます。」

はじめてのものを見る喜びは、人を元気にする薬になるかもしれませんね。

沫雪《あわゆき》の　このころ継《つ》ぎて　かく降らば　梅の初花《はつはな》　散りか過ぎなむ

（一六五一）

沫雪《あわゆき》が……　このころずっと　このように降ったら　梅の初花《はつはな》は　散ってしまうのではないか（困った）

あはれ

今日、「あはれ」といえば、哀《かな》しい同情を示す言葉です。しかし古典ではそうとは限りません。広くとらえて、感動の言葉と考えておけばよいのです。人でも、モノでもよいのですが、深く愛するがゆえに、胸にせまる感情と考えたほうがよいと思います。

たとえば、桜です。桜は日本人がもっとも愛する花ですが、花の命が短く、美しく散るがゆえに愛されているのです。

花に嵐のたとえもありますが、日本人が花を愛《め》でるのは、花の命が短いからです。それは、「あはれ」なことでありますが、その「あはれ」が桜の花の美しさであるともいえるかもしれません。古典に出てくる「あはれ」は、もともと美しさを讃《たた》える言葉でありました。

言葉の古い使い方を少しでも知っていると、ずいぶん深みのある使い方ができます。それは、言葉そのものが歴史を背負っているからです。たとえば、「あはれ」は哀しいことですが、人生において哀しみを知らない人は、一人前の人間にはなれません。「あはれ」を知ることは、大人になる第一歩といえるでしょう。

ちはやぶる

「ちはやぶる」の語源については、難しいのですが、「ち」は霊魂のことだと考えられています。その「ち」を早く振る、激しく振るということです。ないしは早く、激しく震動することでしょう。

とすれば、その動きそのものが、神や霊の力のあらわれとみなされるはずです。ここから、神や霊の力が顕《あらわ》れている状態をいうようになったと思われます。

基本的に、日本の神とか霊とかいうものは、その姿を人前には現しません。逆に姿を現さないから、神や霊といえるのです。むしろ、見えない神や霊は、なんらかの現象を通してその力をあらわすのです。それは、開花でも、紅葉でもよいのですが、時として、災害というかたちを取ることもあると考えられていました。

姿は見せずに、現象を通して、その力を見せ、人はその力を通して神や霊の存在を確信したといえるでしょう。

東風《あゆのかぜ》

「あゆのかぜ」などという言葉を日常会話で使うことはまずありません。ですから、一生使うこともないと思いますが、使うことがなくても、知っていると嬉しくなる言葉です。おそらく奈良時代の越中、現在の富山県で使われていた方言です。この地に大伴家持《おおとものやかもち》が赴任していたところから、家持の歌に五例残っています。春先に北東、北西から吹く東風のことです。春をつげる風は、「こち」と呼ぶことが一般的でしたから、家持は越中で「あゆ」という言葉を知って、この詞《ことば》を歌に入れたのだと思います。

風というものは、季節の変わり目を知らせる前ぶれとなるものです。日中はまだ暑いのに朝夕の風がひんやりとしてきたら、もう秋は近いのです。また、東から強い風が吹いてきたら、もう春の到来は近いのです。私が社長なら新入社員に対してこんな訓示をします。「春風を受けて諸君は今、入社式にのぞんでいる。春風は、古典では〝こち〟とか〝あゆ〟とか呼ばれるが、諸君も常に世の中の風を感じる感性を持ってほしい。」

風を感じる気持ちを大切にしたいものですね。

●東風

しぐれ

「しぐれ」とは、秋から冬にかけて、降ったりやんだりする雨のことをいいます。ですから、鳴いたりやんだり、一斉に鳴きたてる蟬《せみ》の声は、蟬しぐれということになります。そこから、さらに意味が広がって、まだら状になったものも「しぐれ」と呼ぶようになりました。

さて、古典の言葉にもとづくと、「しぐれ」といえば、秋から冬の雨なので、春や夏の雨には使えないことになります。ですから、同じものでも、呼び名を変えることがあります。春のぼたんの季節に食べるのは「ぼた餅」、秋の萩の季節に食べるのは「おはぎ」と呼びますね。「ぼた餅」も「おはぎ」も、同じあんころもちですよね。「しぐれ」がもみじの色を増すものであると万葉集には出てきますので、もし、晩秋に手紙を書くならこんな書き出しはどうでしょうか。

「拝啓、しぐれの雨がもみじの色を増す季節となりました。皆々さまにおかれてはご清祥のことと存じます。」

ことだま

一つ一つの言葉には、一つ一つの魂のような感覚があります。これが「ことだま」というものです。

一般的には、言葉に宿る霊と考えられていますが、そう考えるよりも、むしろ、言葉の機能として考えたほうがよいと思います。

たとえば、「あけましておめでとう」といいますが、新年になったばかりなので、まだその年がおめでたい年かどうかわかりません。前の年のほうがよい年だったという可能性もあります。しかし、年が明けたなら、まずそれを祝い、祝福するわけです。

「よい子だ、よい子だ、寝んね」といっても、赤ん坊はそんな言葉はわかりません。それでも、よい子だといえば、よい子になると声に出すわけです。

大和《やまと》は「ことだま」が祝福してくれる国だということを万葉ことばでは「大和は言霊《ことだま》の幸《さき》はふ国」と表現します。言葉による祝福が現実に、機能する国だということです。

こんな年賀状はいかがでしょうか。

「明けましておめでとうございます
大和は言霊の幸はふ国ですから
祝福などいらないのでしょうが
それでも幸多かれと祈るのが人間
だと思います」

（三二五四）

磯城島《しきしま》の　大和《やまと》の国は　言霊《ことだま》の
助《たす》くる国ぞ　ま幸《さき》くありこそ

磯城島の　大和《やまと》の国は……　言霊《ことだま》の
助け給《たま》う国　幸あれ――

よみ

「よみ」とは、死者のおもむく世界であるから、あの世とか他界と考えておけばよいと思います。これが一つの世界であることを強調する時には「よみのくに」という言い方をします。また「よもつくに」という言い方もあります。ただし、この「よみ」は、神話のなかに出てくる「あの世」ですから、すべての人が死んだのちに「よみ」に行くと考えていたかどうかは、わかりません。

この「よみ」には、一つの特色があります。暗く、けがれているところだということです。この点は、極楽や浄土とは異なります。また、罪を犯した人がゆく地獄とも異なります。

「よみがへり」という言葉がありますが、「よみがへり」とは、読んで字のごとく、「よみのくに」から帰ってくることです。「よみがへり」が蘇生を意味するのは、以上のような理由によるのです。

よろずよ

「よ」とは、区切られた時をいいますから、人の一生も「よ」です。天皇の一生は「みよ」（御代）です。つまり、「代」というものが、次々につながれて、歴史は続いてゆくものなのです。

ということは「よろずよ」とは、「よ」がたくさんあるということです。そのため、永遠にという意味を表します。

しかし、「よろずよ」という場合に注意しなくてはならないことがあります。長い時間、永遠といっても、それは「よ」を積み重ねる長い時代なのです。天皇の御代であるなら、天皇の家が続いてゆくことです。お寺なら、お寺が続いて、歴代の住職がいることになります。現社長時代、前社長時代、前々社長時代と社長も代替わりしています。会社の社長が、父親から息子さんに代替わりした時なら、私は次のようにあいさつします。

「伝統あるこの会社の五代目の社長に、前社長のご子息がご就任されたことは、まことに喜ばしいことであります。この会社が〝よろずよ〟に続くことを願ってやみません。」

ことわり

「ことわり」とは、ものの道理のことをいい、個々人の力によって変更することができないことをいいます。ほとんどの例が「世のことわり」「世の中のことわり」と使われています。その意味するところは、人の世の定めということでしょうか。

では、どんなことが、「ことわり」なのでしょうか。

家族への愛　いとおしみの情を持つこと
役人となれば個人の都合より公の命令を重んずべきこと
逢いたい人に逢いたいと思うこと

などを挙げることができます。では「男女のことわり」といえば、

男女は時に愛しあい、時に憎しみあうこと
どんなに愛してもわかりあえないことがあること

というようなことを私は想像します。人の世において過去にもそうであり、今もそうだ、未来も変わらないであろうということが、「ことわり」なのです。

いにしへ

「いにしへ」とは、過去のことがらについていう言葉です。ですから、「昔」と同じ意味となります。ただし、現代においては、昔のほうが一般的で、「いにしへ」という言い方は特別な時にしか使いません。「昔ながらのお餅」と「いにしへのお餅」は違います。「いにしへ」のほうがあらたまった言い方となり、歴史的存在であり、伝統的なものだということになるでしょう。「むかし」は「いま」と対応していますから「今昔」ということになりますが、「いにしへ」は、「いにしへ」より以前の「神代」、「いにしへ」より後の「うつせみ」と対応します。

さて、言葉というものは、やはり不思議なもので、一つの言葉がイメージを作ることもあります。たとえば、「いにしへのローマにおいては」というと、もうローマに関わる歴史や物語が語り出されたことになります。私なら、桜の会のあいさつをこうします。

「いにしへの奈良の都の八重桜ではありませんが、八重の桜も咲きはじめました。日本人がいにしへより愛した桜の花を今日は大いに楽しもうではありませんか。」

かはたれ、かはたれ時《どき》

今では、小説以外で、「かはたれ時」などと使うことはなくなりました。「か」は彼のことで、「たれ」は「誰」です。ですから、人が、そこにいることはわかっているのだが、それが誰かわからないという状態をいう言葉です。したがって、夜明けのほんのり白《しら》みかけた時といってよいでしょう。日の出前の時間ですね。

彼は誰か、よくわからない明るさというところから、その明るさの時間を表す言葉になっているのです。

「かはたれ」は、使用されなくなりましたが、「誰《た》そがれ」は今でも使われます。これは「誰ですか、彼は?」と聞かなくてはならないほどに、暗い状態をいいます。夕暮時のことです。

今日、私たちは、薄暗闇のなかで人を見るということが少なくなりました。それは、街灯ができたからです。しかし、それでも、暗くて誰かわからない時があります。

私なら早朝、こんなあいさつをします。

「朝が早くなったといっても、こんなかはたれ時から家の前のそうじをされるなんて、頭が下がります。」

おそらく、早朝、家の前の道を掃くような人なら、「かはたれ」といっても、わかるのではないでしょうか。

暁《あかとき》の　かはたれ時《どき》に
島陰《しまかぎ》を　漕《こ》ぎにし船の
たづき知らずも

（四三八四）

明け方の　ほの暗い時に……
島陰を　漕《こ》いで行ったあの船は
今頃いったいどうしているのやら

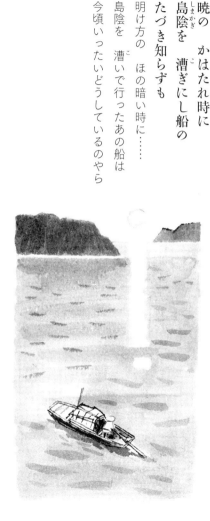

ほどろほどろに

「ほどろ」は「はだれ」と同じ意味です。うっすら降り積もったものの形容に使われるのです。おそらく、これは音を模した擬声語からきていると思います。それが様子からきているとするならば擬態語でしょう。「はらはら」「ほろほろ」などというのは、花や雪がゆっくりと落下してゆくことをいい、そうしてうっすらと地肌や山肌を隠す状態をいう言葉なのです。

歌舞伎の演出で、雪の場面で、ドンドンと太鼓を打つことがあります。紙面では再現できないのが残念ですけれども、一度見てください。雪が降ってもドンドンなどという音などしませんが、そういう演出になっているのです。一度でも、その演出を体験すると、今度はその打ち方の太鼓の音を聞くと、雪だなぁと思うようになります。

沫雪《あわゆき》の　ほどろほどろに　降り敷けば　奈良の都し　思ほゆるかも

（一六三九）

沫雪が　うっすらうっすらと　降り積もると……　奈良の都が　思い出される

うらうらに

現代の言葉では「うららかに」で、のどかに過ごす時間や気分を表す言葉です。これを、万葉集の時代は「うらうらなり」といったのでしょうし、「うらうらに」と使っていたのです。天気がよく、日ざしがやわらかで、外に出ておべんとうを広げたくなるような日、それは「うららかな日」だし、「うらうらなる日」ということになります。しかし、今日では、「うららかな日」といっても、わからない人が多いかもしれません。

この本は、万葉集という古典をベースとして、言葉の深みを知って、言葉の使い方を深めてゆくために書かれた本です。悪くいえば、死語のオンパレードですが、そういう死語にも学ぶところがあると私はいいたいのです。

うらうらに　照れる春日《はるひ》に　ひばり上《あ》がり　心悲《こころがな》しも　ひとりし思《おも》へば

（四二九二）

うららかに　照る春の日に　ひばりが舞い上がってもね　心は悲しいことさ　独りで思うと……

こぬれ

「こずえ」という言葉はまだ生きていますが、「こ（木）ぬれ」といってもわからないでしょう。木々の枝先を表します。万葉集の歌では「山のこぬれ」という言い方をします。もちろん、山があって、木があって、幹があって、こずえがあるのですが、「山のこぬれ」という言い方をするのです。というのは、山全体を覆う木々を一つのものと見て、「山のこぬれ」というのだと思います。

木には霊があって、その霊が時として発する言葉は「木霊《こだま》」といいます。もちろん、山の神がいて、川の神がいて、「木霊」もいるわけです。その木の先端で、時に花をつけ、時に葉を芽ぶかせ、その葉を色づかせるところが、「こぬれ」でしょう。だとすれば、こぬれは、木の霊の力がいちばんよく表れるところだといえるのではないでしょうか。

花だよりの例として。

「先日、上野公園に行ったのですが、まだつぼみは固いままでした。しかし、あと一週間もすれば、こぬれのつぼみもほころぶことでしょう。」

月傾《つきかたぶ》く

「月の出」「月の入り」に対して、「月傾く」といえば、「月の出」から時間がたち、もっとも高いところに月が上って、今度は下ってゆく時のことをいいます。つまり、感覚としては、「月の入り」が近くなっていることを表しているのです。

と同時に、「傾く」というのですから、月の移動も表しています。月の移動は、時の経過を表しますから、夜がふけてゆくことを表します。

と、ここまで書いたところで、私は「ふう」とため息を漏らしてしまいました。というのは、現代人が月の出ている天空を見て、時の経過を感じることなどほとんどなくなってしまったと思ったからです。人類は二十万年以上も月を見て、日を数え、月を見て時の経過を知ったのでした。旧暦は月の満ち欠けをもとに作られていました。ところが、この百年来、月で時を読まなくなったのです。しかし、考えてみれば、今でも一年は「年月」「月日」で表しています。

なお、古典では「かたぶく」ですが、現代語では「かたむく」といいます。

●月傾く

あかねさす

「あかねさす」の「あかね」は植物の名前です。その根を利用して、染色を行いました。さらに、「あかね」の語源はというと、「赤」+接尾語「ね」とも考えられます。「さす」は、自らたちあらわれることをいいますから、「あかねさす」は、赤い色があらわれるということでしょうか。枕詞《まくらことば》です。

ではどんな言葉にかかるのでしょう。

明るいというところから日や昼
紫色は赤味を帯びているので紫
君を讃《ほ》める意で、光が照るような君

にかかります。

枕詞というものは、下の言葉を起こすもので意味がないといいますが、そんなことはありません。詩にイメージを与える役割があって、「あかね」という植物の根から作られる色が一旦は想起されるはずです。たとえば「あかねさす紫」といえば、紫色の赤く照りはえるところが意識されるはずです。
結婚式の披露宴でこんなスピーチはいかがでしょうか。
「新婦のお召しになっているうちかけの色は、あかねさす紫で、これぞ万葉の色です。万葉集は、永遠をことほぐ歌集ですから、末永くおしあわせになっていただきたいと思います。」

あかねさす　紫草野《むらさきの》行《ゆ》き　標野《しめの》行き
野守《のもり》は見ずや　君が袖《そで》振る
（二〇）

あかねさす　紫草野《むらさきの》を行き　標野《しめの》を行く
野守が見ているではありませんか……
あなたが袖《そで》をお振りになるのを（困ったお人なこと！）

たたなづく

「たたなづく」は、青垣にかかる枕詞です。青垣とは、青々とした垣根のことをいいます。青垣山といえば、青い垣根のように幾重《いくえ》にも重なった山々のことをいいます。おそらく、垣根も宮殿などでは、幾重にも張り巡らされますので垣根にかかるのでしょう。この青は、山や垣根の青ですから、木々の緑をいうことになります。幾重にも重なっていることの美しさを讃える言葉だと考えてよいでしょう。

奈良は盆地で、山々に囲まれた土地です。しかも、連山が重なりあっているのでまるで山で作られた垣根の内側で生活しているようなものです。奈良盆地を取り囲む山々のことを「たたなづく青垣山籠れる大和」といいます。奈良からの手紙の例として。

「たたなづく青垣といわれているように、盆地を取り囲む山々は、その青さもかたちも、つらなりも美しい土地です。是非、奈良におこしください。」

古典の知識をふりまわすのは下品なことですが、意味をさりげなく相手に伝えるような文章を書くことはおしゃれだと、私は思います。

たなびく

「たなびく」の「たな」は棚と同じです。ということは、層をなしている状態をいう言葉だということができるでしょう。また複数の層をなしていなくても、横に広がる時にたなびくという言葉を使うことがあります。

煙たなびく
霞たなびく
旗がたなびく

といえばそれなりの風があるということになります。もうひとつ、重要なことは、なびいているということです。なびくということはどういうことなのでしょうか。風などの力によって、一方の方向に傾くことをなびくといいます。春のたよりなら、こう使えるでしょう。

「風になびく若草のなかで、私たちはつくし摘みを楽しむことができました。時を忘れて興じていると、はや夕暮。霞が西の空にたなびいていました。」

雨《あま》つつみ

「つつむ」とは、さえぎられること、障害にあうことを表します。ですから、「雨《あま》つつみ」といえば、雨によってさえぎられるということです。

何がさえぎられるのかというと、人間の行動がさえぎられるのです。雨によって、外出ができないとか、旅行などが中止された場合に「雨つつみ」という言葉を使います。

交通が発達し、雨具も発達した今日においては、あまり「雨つつみ」ということはありませんが、古代では雨を理由に、恋人たちは逢うことをキャンセルできたようです。デートの約束をしていても、すっぽかしてよいのです。もちろん、そんなことをすると相手の印象は悪くなります。ですから、「雨つつみ」が歌われた歌は、デートをすっぽかした人の言いわけである歌が多いように思われます。

こんなおしゃれな会話はどうでしょうか。

「〝雨つつみ〟という言葉があるように今日のようなドシャぶりの日は、家にこもりたかったけれど、君とのデートだから、たとえ火の中、水の中です。」

こんな会話が、現代に成り立つことなどないでしょうが。雨で逢えない万葉時代の恋人たちに思いを馳せることはできます。

笠《かさ》なみと　人には言ひて
雨《あま》つつみ　留《と》まりし君が　姿し見ほゆ
（二六八四）

笠《かさ》がないからとね　他人《ひと》には言って……
雨宿りして泊まっていったあなたの
姿が思い出される（今）

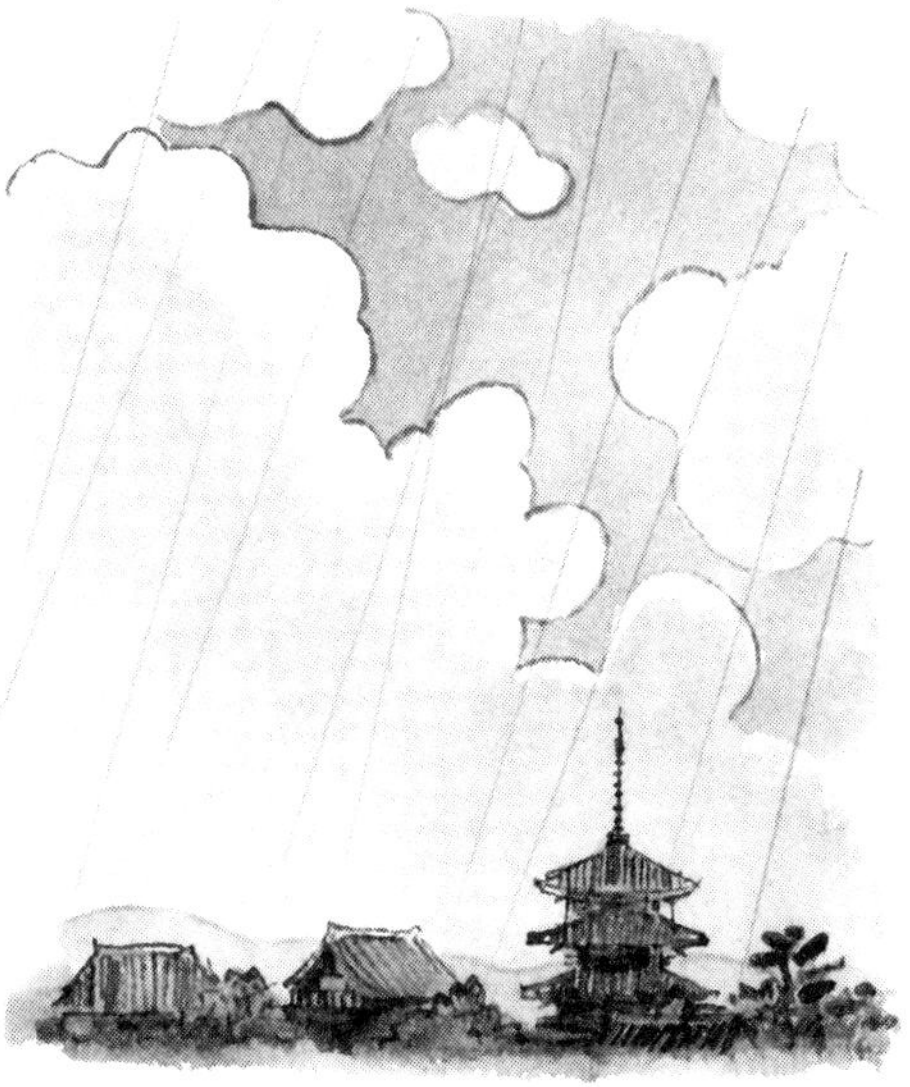

なづさふ

「なづさふ」とは、ものが水に浮かんでいる様子をいう言葉です。しかし、川などの場合は、川の流れにも緩急があり、障害物もあります。すると、時に流れが止まったり、あらぬ方向に流れてしまいます。そこから、水にもまれる、水にはばまれるという意味も生まれました。たとえば、行きなづむといえば、進まないことをいいます。「なづさふ」の場合、それが船なら、あらぬ方向に流されている状態といえるでしょう。

幼いころ、川に小さな船を流して、それを追いかけて遊んだことがあります。橋桁《はしげた》に行きなづんだり、急に流されたりしました。予測できないことばかりです。

卒業式のあいさつなら、「人生は、努力で切り開けるものですが、うまくゆかないことのほうが多いのも事実です。船があらぬ方向に流れることを万葉集では、なづさふと表現しますが、なづさふ時こそ、ひとりひとりが意志を強く持たなければなりません。」でしょうか。

しかし、時には人生において漂流することも大切だと思いますが……。

みなわ

「みなわ」は、水の泡です。「みずあわ」と考えればよいでしょう。激流となれば当然、泡が生まれます。それは、一つの物理的現象なのですが、その泡は、生まれても生まれても、すぐに消えてゆきます。生まれ出《い》ずるも、はかなく消えてゆくものが「みなわ」なので、人の命のはかなさを人びとは、「みなわ」にたとえました。

それは一つの人間観ともいえます。人を無常のものとみる見方です。そういう見方は、仏教の経典によく出てくるので、仏教の影響があるという研究者もいます。しかし、私は仏教などというものを知らなくても、「みなわ」に人生の短さを感じ取ることもあると思います。人の知識の多くは、体験からきているのです。

巻向《まきむく》の　山辺《やまへ》とよみて　行《ゆ》く水《みづ》の　水沫《みなあわ》のごとし　世《よ》人我等《ひとわれら》は

（一二六九）

巻向《まきむく》の　山辺《やまべ》を響かせて　流れて行く川……　その川の水泡のようなものだ　世の人であるわれらは

豊旗雲《とよはたぐも》

「とよはたぐも」の「とよ」は、豊かなものにつく言葉です。ですから、大きくふくらんでゆく雲を、「豊旗雲《とよはたぐも》」といいます。「はた」は旗のことだから、「はたぐも」といえば、旗のように風にたなびく雲ということになります。こう考えると、古代の人は、雲にも豊かな雲があると考えていたことがわかります。とてつもなく大きく、もくもくと、ゆうゆうと、なすがままに流れてゆく雲が、豊雲ということになります。その豊雲がたなびけば、「豊旗雲」ということになります。

「豊旗雲」が出ることは、よい兆《きざ》しとされていました。茶柱が立つとよいことがあるという言い伝えがありますが、これはよい兆しすなわち「吉兆」です。人が生きるということは、不安のなかで生きるということです。ですから人は、吉兆を求めるのでしょう。

わたつみの　豊旗雲《とよはたくも》に　入日《いりひ》さし　今夜《こよひ》の月夜《つくよ》　さやけかりこそ　（一五）

わたつみの　豊旗雲《とよはたぐも》に　入日が差した……　今夜の月夜は　清く明るくなるに違いない

天地《あめつち》

天と地があり、そこに人がいる、世界がある。その世界を支配するものに神仏がいるという考え方です。ですから、天地人《てんちじん》といったりもします。この考え方は、中国から東洋に広く伝わったものです。

この天地を、枕詞でいうと、「あめ（天）」「つち（地）」ということになります。さて、古代の人びとは、人間のいる地がどのようにできたと考えていたのでしょうか。古代の人びとは、最初は天と地が一つであって、そこに人間の生きるスペースはなかったと考えていました。ところが、天と地が分かれて、はじめて天と地の間にスペースができて、人が住める空間ができたと考えたのです。『古事記』や『日本書紀』は、そう伝えています。とすると、人の世の起こりというものは、天と地が分かれてからだということになります。私が、はじめて見た富士山を語るなら「なんという美しさ。むしろ、尊いお姿といえますね。〝あめつち〟の分かれた時からの美しさだと思いました。」というでしょう。

人の世が誕生したその時から尊いものであったと私はいいたいのです。

かがよふ

現代の言葉に「かがやく」という言葉がありますが、ゆらゆらと輝きあうという意味を込めて、「かがよふ」という言葉がありました。あちらこちらで、ゆらゆらと輝きあうわけですから、ちらちらと揺れて光を発するようなものに、「かがよふ」という言葉を使います。たとえば、玉に反射する光です。玉が動けば光り方は、それに応じて変わります。室《へや》を暗くしてビー玉を懐中電灯で照らしたら、玉の動きとともにいろいろな光を発します。まさしく、ゆらめく光です。

ゆらぐ光の代表といえば、やはり灯火でしょうか。風で常に光はゆらめきます。また、ネオンやいさり火だって、ゆらめくことがありますよね。こちらは、上昇気流などがあって、その気流がゆらいでいるために、光もゆらぐ例です。

しかし、現代人は、ゆらぐ光というものに接することがほとんどなくなってしまいました。とある電気メーカーが、コンピュータ制御でゆらめく灯《ひかり》を作ったことがありますが、やはり、その人工的な灯に人はすぐに飽きてしまったそうです。

第二章

ことばに表れる万葉びとの心もよう

こころにのる

「こころ」というものを一つの物体と考え、その物体の上にのしかかったり、覆いつくしたりする状況を「こころにのる」といいます。つまり、心を独占してしまい、ほかのことを考える余裕がなくなるということです。「妹《いも》は心に乗りにけるかも」といえば、恋人のことが重くのしかかって、生活に差し障りが出るということです。

「こころにのる」という表現は、きわめて具体的です。今日、この表現は用いられなくなりましたが、現代の表現でいえば、

ハートをわしづかみ

くびったけ

などとなるでしょうか。

じつは、万葉集の歌の表現というものは、このようにじつに具体的なものが多いのです。

おそらく、口から耳へ伝えることを念頭において作られた歌なので、聞いてわかるように表現されていると思われます。

とききぬの

先日、京都を歩いていたら、なつかしい看板を見つけました。「洗い張りやります」という看板です。「洗い張り」とは、着物の洗濯のことです。本来、着物は丸洗いすることができませんから、縫い糸を解《ほど》く必要があります。そうしてばらばらの布地に戻して洗濯し、それを竹細工の道具を使ってぴんと張って干すか、大きな板にはりつけるようにして干すかして、それからもう一度縫い直すのです。

この「洗い張り」にあたる言葉が、万葉集にあります。「とききぬ（解衣）」です。さらに枕詞に「とききぬの」があります。縫い糸を解いてしまうと、ばらばらの布地になるところから、「恋乱《みだ》る」「思ひ乱《みだ》る」を引き起こします。恋をして、思い乱れるさまは、着物がばらばらになるようだとたとえられているのです。

橡《つるはみ》の　解《と》き洗《あら》ひ衣《きぬ》の　怪《あや》しくも　ことに着《き》欲《ほ》しき　この夕《ゆふへ》かも

（一三一四）

橡染《つるばみぞ》めのね　解《と》き洗《あら》い衣《ぎぬ》がさぁ　なぜだか　着たい……　この夕方

うらめし

現代の言葉の「うらめしい」、は、古典の言葉では「うらめし」でした。両方とも「うらむ」という言葉と関係があります。意味は、惜しく思う、残念でたまらないということになります。ただし、「うらめしい」「うらめし」も、ともに、なまはんかなことには使いません。強く思いが残る場合にしか使いません。

日本の幽霊は、他人に対して、遺恨を残して死んだ人間が、霊として人の前に現れるのを常とします。つまり、遺恨が残ってあの世にゆけないのです。その幽霊が使う常套句が「うらめしや」です。したがって、現代語の「うらめしい」も、恨みの気持ちが強い時に使われます。

恨めしく　君はもあるか　やどの梅の　散り過ぐるまで　見《み》しめずありける

（四四九六）

うらめしい　お人だ……　お庭の梅が　散り果てるまで……　見せてくださらないなんて

こちたし

「こちたし」の「こち」は、「こと」だといわれています。「こと」は「言葉」と「事柄」の両方をいう語です。この場合、「言葉」ということになります。「こちたし」は「ことい たし」で、「いたし」は「痛し」だから、文字どおり、言葉が痛いのです。

では、どんな言葉が痛いのでしょうか。それは「人言《ひとこと》」すなわち「うわさ」です。恋の話は、お茶をおいしくするというけれど、恋にまつわる誹謗中傷は、人の性《さが》です。

言葉というものを、一つの痛みとしてとらえることは、発せられた言葉が、機能しているということです。言葉が、まるで霊魂を持っているような感覚があるのでしょう。視線を光線のようにとらえるのと同じです。

よく「ものは言いようだから、言葉を慎みなさい」といいます。しかし、私は違うと思います。むしろ、言葉は思考そのものなのだから、思考を変えなくてはならないと思います。使う側が言葉が痛みになることを知っていれば、おのずと言葉も変わるのではないでしょうか。

しのふ

「しのふ」とは、特定の事物を思い慕う時に使う言葉です。事物を深く思い慕うということならば、目の前にそれがなくても、人は「しのふ」ことになるわけです。ですから、目の前にない物に対して遠くから思いをいたす時に、「しのふ」という言葉がよく使われました。現在の研究では、「たえしのぶ」の「しのぶ」とは別の言葉と考えられています。

恋人が目前にいる場合、やさしい言葉をかけるでしょうし、時に愛撫するでしょう。ところが、遠くにいる恋人に対しては、そうすることができません。できるのは「しのふ」ことだけです。ですから、「しのふ」の前提には、深い愛があるのです。

肉親を亡くした人なら、わかるはずです。生きている時に、もっとやさしくしておけばよかったとか、どうしてもっとよくしてあげなかったのかと後悔するということを。しかし、それこそが、「しのふ」ということなのです。

私ならこんなふうにいえるでしょうか。

「古典で人を〝しのふ〟といえば、遠くから思うことです。死んだ人とこの世で対面することは、かないませんが、〝しのふ〟ことはできます。ですから、私は亡き母を〝しのふ〟時間を大切にしています。」

巨勢山《こせやま》の　つらつら椿《つばき》　つらつらに
見つつ偲《しの》はな　巨勢の春野を　（五四）

巨勢山《こせやま》の　つらつら椿《つばき》ではないけれど　つらつらと
見ながら偲《しの》ぼう――　巨勢野《こせの》の春野はね

なづむ

「なづむ」とは、障害となるものがあって、行く手をはばまれることをいいます。ですから、妨げられて難渋していることを表します。たとえば、道が悪い、切り株がある、水が流れているなどの理由で、進めない時に使います。

この「なづむ」という言葉は、万葉集ではよく恋歌に使われます。なぜかというと、それは男が女のもとに行くための苦労を表すためです。

恋歌では、女の家に行くための苦労がよく歌われます。それは、その苦労を歌うことによって、恋心の大きさを表すためです。現代人の私たちからは、大げさでわざとらしい表現に見えてしまいます。

万葉集の恋歌は、自らの恋心を恥ずかしげもなく語る恋歌です。よく女子学生から、万葉時代の男の人はイタリア系なんですかと聞かれることがあるのですが、たしかに恋の苦労を語ることに躊躇《ちゅうちょ》しません。

つつむ

「つつむ」については、古典と現代と比較しても、意味の違いはほとんどありません。ものを包むことですから、包めば隠れてしまいます。そこから、ものを隠して、外に出さないことをいいます。証言の宣誓で、

何事も包み隠すことなく真実を述べ

といいますが、これは包む行為が隠す行為につながるからです。

池に作られた水を塞《せ》き止める土手のことを「つつみ」といいますが、おそらくは、「つつむ」からきていると思われます。水を包むものなのでしょうし、堤ができるとその上に立たないと池は望めなくなります。

人は生きてゆくなかで、自分の気持ちというものを、率直に表してはいけない時、表したくない時などがあります。そういう時は、自らの思いを何かで、包んで見えなくする必要や欲求があるのです。

うつろひ

「うつろひ」なら、移動のことを指すのですが、「うつろふ」というと、ものが移動してゆく様子のほうに力点が置かれます。「うつろふ」は、「うつる」という言葉に、継続を表す「ふ」がついた言葉で、移り変わってゆくありさまを述べる言葉です。

花がうつろふといえば、小さな芽が出て、ほころんで開花し、咲き乱れて、移りゆくこと。そして、地に落ちて、よごれ、腐って土になることをイメージしなくてはなりません。

さて、紅《くれない》色というものは、すぐに色あせてしまう色でした。当時の染色技術では、他の色よりも退色が著しく早い色だったのです。一見、派手で、人目を引くけれど、「うつろふ」色だったのです。ですから、うつろいやすい恋心を象徴する色にもなりました。

しかし、一方で、「うつろひ」ということは避けられないことです。人も花も同じといえるでしょう。その「うつろひ」こそ美だとすれば、それは「うつろひ」の美学になります。時はうつろうものだし、うつろはなくてはならないものだから、それはそれでよいのですが……。

なまじひに

「なまじひに」とは、無理だとわかっていて、強引に行う行為についていう古典の言葉です。つまり、気が進まないのにしいて行うということです。

おそらく、教育の結果だと思いますが、私はいやなことから先にやるべきだと思っていました。すると、どうしても気乗りがしません。気乗りがしないので、作業をはじめるのがついついおそくなってしまうのです。しかし、四十歳を過ぎてからは、なるべくやりたい仕事からするようにしました。もちろん、いやな仕事が残ってしまうのですが、「なまじひに」やるよりは、気分がよいのです。

私は、こういう感情を万葉集の時代も持っていたのかと思うと嬉しくなってしまいます。したくはないけれど、どうしてもやらなければならぬとか、しいてやりたくもない仕事をするということが万葉びとにもあったのですね。しかし、それは人の世の常というものかもしれません。いつの世にも、あることでしょう。現代社会は、日々の仕事が「なまじひに」かもしれません。そう考えると少しは、気が楽になりませんか。

いちしろし

現代の言葉に、「いちじるしい」がありますね。ものの程度を超えた状態を表す言葉です。「いちしろし」は、「いちじるしい」の古いかたちであると思われます。

「いち」は、「たいそう」という意味でしょう。「しろし」は「白い」ということです。ただし、この場合の「白し」は、ものごとが明白であることを表していると思われます。つまり、たいそうものごとがハッキリしているという意味となります。

零《ゼロ》を基準として、最高値が百、最低値がマイナス百とします。「いちしろし」「いちじるしい」は、百かマイナス百についていう言葉です。喜怒哀楽でいえば、その極にあるということになるでしょう。

世間に公表をはばかられるような男女関係にある人がいるとします。ところが、世の人すべてが、その事実を知ったとします。そういう時は、道にある赤い彼岸花《ひがんばな》を誰もが見るように、人がみんな「いちしろく」知ったというように表現します。たとえばこんなふうに使います。

「もう、ここまできたら、すべてを正直に話すしかない。なぜなら、事件について知らない人などいないのだから。人皆《ひとみな》知りぬいちしろくだ。困った。」

道の辺《へ》の　いちしの花の　いちしろく　人皆《ひとみな》知りぬ　我《あ》が恋妻《こひづま》は

（二四八〇）

〈或本《あるほん》の歌に曰《いは》く、「いちしろく　人知りにけり　継《つ》ぎてし思《おも》へば」〉

道べの　いちしの花ではないけれど
いちしろく　みんなに知られてしまったよ
わたしの恋妻は
〈ある本の歌には「はっきりと　人が知ってしまった　続けて思うものだから」とある〉

をみなへし

七つの秋の野花を歌った山上憶良《やまのうえのおくら》の歌に登場する花です。秋を代表する花の一つとして考えてよいでしょう。

山野に自生しているために、ふと見つけることもあり、それは女性との出逢いを思わせるものであったようです。

手折《たお》るとか、手に取ると歌われるのは、それが山野の花であったからです。厳重に管理されている庭や家の花であれば、そうはゆきません。今日では山野の花を手折ることはよいことではありませんが、かつては異性に対して、親愛の情を示すために、手折った花を手向《たむ》けるということもありました。

花としては、それほどの派手さはありませんが、そうであるからこそ、可憐な女性のたとえとなるのです。人それぞれですが、花もそれぞれで、だからどの花に人をたとえるかということは、古今東西の文学が、知恵をしぼって工夫しているところですね。

月草《つきくさ》

洗濯をしていて色落ちしてしまうような染物は、粗悪品です。しかし、わざと色落ちする染めをして、楽しむということがありました。「月草」すなわち現在の「つゆくさ」を摘み、その花の部分を布地に押しつけてつぶすと、花の色が布に移ります。青紫色の小さなワンポイントになります。これを繰り返すと青紫の模様になるのです。しかし、その色は、数時間のうちに退色しはじめますし、水洗いをすれば消えてゆきます。しかも、染まった部分からほかの布に色がついてしまうこともあります。

つまり、「つきくさ」の染めは、色移りしやすく、うつろいやすく消えやすいものということになります。衣服には勧めませんが、いらなくなった木綿のハンカチなどで試してみてください。むしろ、うつろいやすいという性質を利用した遊びがあったのですね。まさしくうつろう花のうつろう染物ということでしょうか。

こう思えば、つゆくさを見る目も変わってくることでしょう。

しのに

「しのに」とは、ぐったりとうちしおれた様子をいう言葉です。「うちたなびく」の場合は、躍動感がありますが、「しのに」の場合は、倦怠感のある表現です。

多くの場合、「心もしのに」と使われています。これは、心がうちしおれてしまうような状況をいいます。

明暗でいえば暗、哀楽でいえば哀という感情を表現することも、時には必要です。というのは、反省的思考というものは、暗や哀から生まれてくるものだからです。私がここで、反省的思考といったのは、自己を客観視して、思考を深めてゆくことです。いわば、過去を見つめる心ということになります。

私が思うのは、現代社会では常にアクティブに行動することが求められているということです。ところが、アクティブな思考が求められれば求められるほどに、人の心は折れやすくなるものなのです。「心もしのに」とは、うちしおれた自分を発見した表現で、大切な思考です。

私ならこう使いたいと思います。

「沖縄のひめゆりの塔を訪ねてみると、私は語るべき言葉を持たなかった。いかなる言葉も無力だと思った。こころもしのに、私は那覇空港をあとにした。」

近江《あふみ》の海《うみ》　夕波千鳥《ゆふなみちどり》　汝《な》が鳴けば　（二六六）
心もしのに　古《いにしへ》思ほゆ

近江《おうみ》の海の　夕波千鳥《ゆうなみちどり》　おまえさんが鳴くとね
心はしおれて……　昔のことが思われる

生《い》けりともなし

「生けりともなし」という表現は、解釈の難しい言葉です。一つの解釈としては「生きる気もしない」ということになります。

絶望の淵にある人の言葉ということになりますね。幼な児を残して、早逝した妻。その妻をようやく葬った柿本人麻呂《かきのもとのひとまろ》は、「生けりともなし」と自らの気持ちを述べています。

さて、「生きている気もしない」と述べるということは、そう思っている自分がいるということになります。しかも、それを口に出しているわけです。

私の経験からいうと、自分の苦しみを伝えることができる人は、まだ幸せです。困ったことを相談に来た人がいたら私はこういいます。「人に相談しようと決心するまでが大変で、よくぞ来てくれました。人に相談できたら、その問題は半分以上解決したのと同じです。」と、その人を励まします。「生けりともなし」という状態になっても、そういう状態を抜け出そうとする人しか、「生けりともなし」とは歌わないのです。

うつしごころ

「うつしごころ」とは、正気とか、確かな気持ちを表す言葉です。ですから、夢でも幻でもない現実ですし、お酒を飲んで酩酊《めいてい》している状態ではなく、いわば「しらふ」の時をいうことになります。夢か「うつつ」かの「うつ」は、現実と考えてよいでしょう。

ところが、万葉集では、ほとんどの場合、「うつしごころ」がなくなったと歌われます。それはなぜかといえば、万葉集の歌はそのほとんどが恋歌で、恋こそ「うつしごころ」を失わせるものと考えられていたからです。

現代社会では、恋とはすばらしい行為であり、自ら楽しむものと考えられています。ところが、古代においては、一つの病のように危険なものと見られていました。正気を失わせるものだからです。

ますらをの　現《うつ》し心《ごころ》も　我《あれ》はなし　夜昼《よるひる》といはず　恋ひし渡れば

（一二三七六）

ますらおの　正気の心も……　わたしにはない　夜昼となない　恋をしているので

くれなゐの

紅《くれない》色は、うつろいやすい色です。そのため「くれなゐの」という枕詞は、「うつしごころ」「あさ」にかかります。色うつりや、染色としては浅くて色が抜けやすいからです。「くれなゐ」の語源は、呉《くれ》の国の藍《あゐ》からきているといわれています。呉と呼ばれる地域は、中国にも朝鮮半島にもありますが、どちらにしても舶来の藍です。この場合の「あゐ」は、染料というくらいに考えておくとよいでしょう。

「くれなゐ」は、別名ベンガラです。ベニバナは、南西アジア原産で、日本に伝来した植物です。一説には、ベニバナの語源はインドの地名ベンガルからきたといわれています。クチベニのベニは、ベニバナのベニからきていることになります。

唐から入った芋《いも》は「からいも」ですが、その「からいも」が薩摩から江戸に入れば、薩摩いもです。ハンバーグはハンブルグ、カボチャはカンボジアに由来します。食べ物の名というものは、案外地名からきているものなのですね。

うたて

「うたて」とは、自分が思っているよりも、思いの深まりや事物が大きくなったり、早く進んでしまっている状況をいいます。ただし、「うたて」という語を使う時には「不思議に」とか、「妙に」とか、「なぜか」とかいう感情がともなっています。

人間というものは、意味を求める動物であり、理由と結果を結びつけて考えようとする動物です。しかし、人の感情というものは、人間が考えるよりも、もっともっと複雑です。ものごとの好ききらいなど、その顕著な例だと思います。特定のものが好きになったり、きらいになったりすることを言葉で説明することは難しいものです。できたとしても、それは、あとから無理に説明しようとしているだけのことが多いのです。

すると、「うたて」の訳としては、「むやみやたらに」とするのがうまくゆくと思います。むしょうにカレーが食べたくなったり、ハンバーグが食べたくなったりすることがありますが、その理由など合理的に説明できません。まさに、そういう心のあり方が「うたて」です。古い言葉について考えることは、時に心理学を学ぶようなものなのです。

草枕《くさまくら》

　この本の読者なら、「草枕」といえば旅にかかる枕詞とわかりますよね。古代において旅は楽しいものではなくて、苦しいものでした。うっかりすると野宿をしなくてはなりません。草を枕にして寝るとは、苦しい野宿からイメージされた言葉なのです。

　枕詞というものは、言葉に一つのイメージを与えるものです。旅は苦しいものであるイメージを、草枕という言葉で表しているのでしょう。イメージは、連鎖します。草を枕に寝るなら、寒いはずである。寝られないはずであると。

　旅の歌の主たるテーマは、ずばり別れです。古典の旅は苦しい旅ばかりですが、そのなかでも一番苦しいのが妻との別れです。ですから、草枕という枕詞が使われると妻との別れが一番はじめに想起されました。当時、女性が旅をすることは、稀《まれ》でしたから、旅立つ男に、家を守る女というかたちで、旅の歌は歌われるのです。

　部下の送別会で、こんなあいさつはいかがでしょうか。

「彼がこの本社に来て、五年と聞いて、びっくりしました。私たちは、彼をこうやって、送り出すのだけれど、また次の職場でがんばって、本社に戻ってきてほしい。草枕といえば旅で、旅は苦しいものだけれど、旅を経験して、また大きく成長してほしいと思います。ここを家だと思って、旅立ってください。飛躍のために――」

私はこういって、草枕と書かれた封筒に入った金一封を渡したいと思います。

家《いへ》にあれば　笥《け》に盛《も》る飯《いひ》を
草枕《くさまくら》　旅にしあれば
椎《しひ》の葉に盛る
（一四二）

家にいれば　器に盛る飯をね
草を枕ではないけれど　旅にあるので
椎《しい》の葉に盛るのだ（あぁ）

いさよふ

「いさよふ」とは、漂うとか、ためらうということを表す言葉です。つまり、停滞していて、目的にたどりつかないということです。

まず、川の流れで考えてみましょう。川に流れがある時には、一つの方向にものは流れてゆきます。ところが、流れがない時は、どこにゆくかわかりません。ですから、「いさよふ」といった場合には、動いていても方向性がないということになります。

陰暦十六日の夜を「いざよい（十六夜）」といいます。これは十五日の満月に比べ、月の出が遅いことから、まるで月がためらっているかのように見立てたからです。

旅する人には、二つのタイプがあります。一つは、目的地まで一直線にゆく人。もう一つは、ゆきあたりばったりで寄り道をする人です。現代生活においては、人は定められたルートにしたがって生きてゆかなくてはなりません。目的地もなく、「いさよふ」旅をすることなどできないものです。若い時に、目的地を定めない旅をしようと列車に飛び乗ったことがありましたが、二日目で不安になりました。そして、三日で止《や》めました。

第三章
ほんのり、わくわく、万葉ことばで遊ぶ

をち水《みづ》

万葉集には「をつ」という動詞があります。意味は、若返るということです。万葉の時代、若返りができる水があると信じられていました。それが「をち水」です。

その「をち水」は、どこにあるかというと月にあるのです。そこで「月読《つくよみ》の持てるをち水」というように表現されるのです。地上にあるものの命はすべて有限であるのに対して、月には不老不死の世界があると考えられていました。

しかし、大切なことは、その「をち水」というものを誰も手に入れられないということです。存在はしているのだけれど、手に入れることができない。私はそういうものに対する憧れの気持ちこそ、神話、宗教、文学、哲学などの根元にある心情だと思います。私なら、恩師の米寿の祝賀会で、こんな祝辞を述べます。

「先生の米寿のお祝いに際しまして、私にはどうしても手に入れたいものがありました。何だかおわかりですか。月の世界にあるものです。月にあるという〝をち水〟を献上したいと思ったのですが、あいにくロケットが飛びませんでしたので、本日は……」

垂水《たるみ》

最近、どうして古典を嫌う高校生が多くなったのかと考え込むことがあります。おそらく、古典が嫌いになるのは、短時間で学ぼうとするからだと思います。古文は長く親しむものです。ですから、テストには向いていません。

たとえば、「たるみ」といえば、滝のことだと覚えておけといわれると、たんなる暗記です。しかし、「たる」は垂れるで、「み」は水だと考えれば、そうかあ、水が垂れるから滝なのだとわかります。そうすると、溢《あふ》れる水が垂れて落ちてゆく姿が思い浮かぶようになります。対して、「たき」は、水が煮え滾《たぎ》るような激流をいいます。ですから古典では、垂直に落ちる滝も、うずまく激流の流れも「たぎ」「たき」といいます。読み手や、聞き手の心に、その風景が浮かぶ言葉こそ、力ある言葉だと私は思います。

石走《いはばし》る　垂水《たるみ》の上の　さわらびの　萌《も》え出《い》づる春に　なりにけるかも

（一四一八）

岩をほとばしり流れる　垂水《たるみ》　そのほとりのさわらびが……　萌《も》え出る春に　なった——

●垂水

天《あま》の川《がは》

「七夕《たなばた》」といえば、「天の川」。「天の川」といえば、「七夕」ですよね。しかし、考えてみれば、その意味は天にある川というだけで、七夕に限って使われる言葉と考える必要はありません。それでも、「天の川」といえば、七夕の空にかかるあの「天の川」なのです。これは、言葉が使われているうちに、特定のものしか指さなくなった好例といえます。七夕伝説といえば、七月七日に引き裂かれた彦星と織女が一年に一回逢うことが許される伝説です。いわば恋の祭りということになるでしょうか。

私が同窓会の幹事なら、こんなあいさつ文を出すでしょう。

「万葉中学同窓生の皆さま。今年も恒例の同窓生の集《つど》いが近づいてまいりました。天の川の七夕伝説ではありませんが、年に一回の逢瀬《おうせ》を皆さんと楽しみたいと思います。」

このあいさつ文がもし七月の同窓会なら、おしゃれこの上ない同窓会通知となることでしょう。

ただ、七夕では注意しなくてはならないことが一つあります。旧暦七月は、秋なので七夕の季節は秋ということになります。ですから、「七夕の夏」がきましたという表現は、使いません。

天の川　なづさひ渡り
君が手も　いまだまかねば
夜《よ》の更《ふ》けぬらく
（二〇七一）

天の川をね　苦労して渡ったのにさ
君の手も　まだ枕《まくら》しないうちに……
夜が更けちまったよ（まったく）

ゆらら

「ゆらら」というと、お湯が沸いてくるイメージでとらえている人が多いと思いますが、それは違います。玉と玉、あるいは鈴と鈴が触れあって鳴る音からきた擬声語です。「ゆら」という言葉もあり、こちらも玉が触れあって鳴る音からできた擬声語です。考えてみると、玉や鈴が鳴るということは、ゆらいで鳴るということでしょう。ゆらがないと触れあいません。そこで、現代語の「ゆらぐ」という動詞につながるのだと思います。

今日、ゆらゆらといえば、ゆっくり何かがゆらぐ様子をいいます。たとえば、旗をゆらすと、ゆらゆらとゆらめくわけです。「ゆら」をめぐるイメージの広がりを大切にしたいものです。

私などが、予備校の先生ならこういって、予備校生を励ますでしょう。

「古典では〝ゆらら〟という言葉があり、それはゆらいで鳴る音からきた言葉です。気持ちというものは、常にゆらぎますが、ゆらいでもよいのです。ゆらぐということは、もとに戻るということでもありますから。」

さやけし

「さやけし」は、くっきりとして、さわやかなことをいう言葉です。この言葉は見るものについても、聞くものについても用いられます。現代では「あ」をつけた「あざやかだ」という言葉で残っています。

おもしろいのは、さわやかなものに接する人は、さわやかなものを見ようとする心がある人なので、それを見る人の心情も、さわやかだということです。

たとえば「すかっと、さわやかコカ・コーラ」というキャッチコピーには、炭酸の泡が吹き出る見た目と、泡が吹き出る音の清涼感、そして飲んだ人の清涼感が、込められていると思います。「さやけし」「さやか」「さわやか」という言葉には、それに接する人の気持ちも入っているということです。とすれば、澄んだ空気は、人の心も澄んだ心にするということです。私は学生たちにこう語りかけたいです。

「ものを片づけるのではなく、片づけることで、その場が清まるような、さやけきところとなるような場を作りなさい。研究室のそうじでは……」

常世《とこよ》

「とこよ」とは、はるかかなたにあるとされる永遠の国です。「とこ」は、永久不変、「よ」は世です。もちろん、言葉の上で存在し、それが信じられているにすぎません。この世は、めまぐるしく変化する存在で、かつ人の命は有限です。こういうこの世に対して、永遠、不変で、不老不死の世界があると観想されていたのです。

まるで、この世とは、正反対ということになります。しかし、人間というものは、そういう空想の世界を通じて、逆に現実というものを認識するのだと思います。青い鳥はどこにいる、青い鳥はどこにいると探したら、なんと、身近にいたというのが、チルチルとミチルの話ですよね。つまり、この寓話は、幸福とは身近なところにあるということを教えてくれるわけです。

じつは、物語や小説というものの存在意義も、この点にあるようです。常世からやってくる神がもたらす呪言が文学の母胎となったとするのが、有名な折口信夫《おりくちしのぶ》のマレビト説です。

ときは

「ときは」とは、「とこいは」からきた言葉です。「とこ」は永遠、不変の意味です。「いは」は岩です。つまり、永遠に変わらないものが、「ときは」ということになります。

古代人は、岩を、永遠を象徴するものと見ていました。対して、花も人も、その命は、永遠ではありません。木でいえば、常緑樹が「ときは」の木ということになります。松は、その代表です。

だから、うつろう命と対比して使うことが多いのです。

「ときは」に人は生きたいものですが、人の命は有限です。「ときは」ならぬ身ということです。ここで、自分の葬式の弔辞を自分で作ってみたいと思います。

「上野誠君、君は万葉学者として、その一生をまっとうした。しかし、やり残した仕事も多いことだろう。ときはならぬ人の身、人の命は永遠ではない。無念の思いもあるだろう。もってその冥福を祈りたい。」

生きているうちに、そう書き残しておこうと思います。

あをによし

「〜よし」という言葉はめずらしいことを褒める時に使う言葉です。麻もすばらしいなら「麻もよし」。玉藻がすばらしいのなら「玉藻よし」ということになります。とすると「あをによし」の場合は、「あをに」がすばらしいということになります。

では、「あをに」とは何かというと、青い土のことをいいます。よく「青」と「朱《に》」で、青瓦と朱塗りの柱のことだと解釈している人がいますが、俗説です。おそらく、奈良のどこかで取れる土が青色彩色に使われる土として有名だったのでしょう。

土が青といわれると不審に思われる人も多いと思いますが、灰色の土も広くいえば青の範疇《はんちゅう》に入ります。このために、「青土《あおに》よし」は、奈良にかかる枕詞になったのです。

枕詞というと難しいのですが、一つの言葉を引き出すアイコンのようなものです。微笑みの国タイ、灼熱の国インド、フラメンコの国スペインというのと同じです。つまり、一つのイメージなのです。ところが、スペインからやってきた留学生に、「君の国はフラメンコの国だね」といったら、フラメンコなんて今やっている人はほとんどいませんよ、と笑われてしまいました。それは日本人が作り出したイメージのようです。ですから、日本人のイメージと、スペイン人の実態とは異なっているようです。

私は、こうあいさつすることがあります。

「あをによし奈良からやってきた上野誠でございます。本日はよろしくお願いします。」

これも一つの使い方だと思います。

あをによし　奈良《なら》の都は
咲く花の　薫《にほ》ふがごとく
今盛りなり
（三二八）

あをによし　奈良《なら》の都は
咲く花が　照り輝くように
今が真っ盛り——

しるし

古典の言葉の「しるし」とは、効験のことです。つまり、何かのかいがあるということです。「生けるしるし」といえば、生きているかいがあるということになります。一方、それは、証拠とみなされるし、一つの前兆ともみなされます。

つまり、「しるし」とは、一つの象徴といえるでしょう。国旗は、国家のしるしです。しかし、国家といっても、政治、経済、文化からさまざまなものが国家のなかにはありません。そういうものをすべて述べ尽くすことは困難です。ですから、象徴によって表すわけです。ところが、滅んだ国の国旗や国歌も存在しています。ここが、「しるし」のおもしろいところです。「しるし」だけあって、中味がないこともあるのですから。

本来ならば、相当の贈り物をしなければならないのだが、今はお金に余裕がないので、ほんの少しだけさせてもらいますという時に、「しるし」といったりします。「いつもお世話になっているのだから、お子さんの入学祝いは、ちゃんとしなくてはなりませんが、本日は〝おしるし〟だけさせていただきます。」

天雲《あまくも》の

「天雲」というのは、雲のある天空を指す言葉です。今日では「雨雲《あまぐも》」と間違われてしまうと思われます。この場合の「雨雲」は雨の雲です。

これが「天雲の」となると、枕詞となって「たゆたふ」などにかかります。つまり、天雲のというものは、常に動いているよるべなきものということになります。だとすると、

天雲のようによるべなく
天雲のようにさすらう

というように使えるはずです。では、どんなものが、「よるべなく」「さすらう」ものなのでしょうか。それは、出逢いと別れを繰り返す人生そのものでしょう。六十歳で定年を迎える方のあいさつ状にこんな使い方はいかがでしょうか。

「大学を卒業しましてから、三十八年間一つの会社に勤められたことは幸福な人生であったと思います。ただし、転勤は八回を数え、わが人生は、天雲のようにさすらう人生であったかもしれません。しかし、天雲のように自由に各赴任地で仕事ができました……」

なかなかに

「なかなかに」という言葉は、今ある状態が中途半端であることをいいます。おさまりが悪いので、「いいかげんに」とか「なまじっか」という意味となります。さらに転じて、「ではいっそのこと」「むしろ」「かえって」などのように、別のかたちのほうがよいという意味に使われます。

たとえば、たいそう酒好きで、一日中酒を飲んでいたいと思っている人がいたとします。そういう人は、だったら、いっそのこと酒壺になってしまったらよい。そうすれば、ずっと酒といっしょだと夢想するでしょう。そういう時には「なかなかに人とあらずは」といいます。「なまじっか人間なんかでいるよりは」というわけです。

なかなかに　人とあらずは　酒壺《さかつほ》に　成りにてしかも　酒に染《し》みなむ

（三四三）

なまじっか　人間さまでいるよりはね……　酒壺《さかつぼ》に　なってしまいたい　そしたら酒が染みてくる

よむ

若い時、アルバイトをしていて、「上野さん、ここにあるお札《さつ》を読んどいて」といわれて、呆然《ぼうぜん》としたことがあります。この「よむ」は文字を読むのではなくて、数を数えるという意味だったからです。この用法は、古代からあるのです。

月を読む——今がどの月であるかということを知る
日を読む——今がどの日であるかということを知る

こういう言い方は、あまりされなくなりましたが、じつは今も使われています。「日《ひ》」の複数形が「こ」なので「こよみ」とは、日読みのことなのです。

さて、歌やお経を声に出すことも「読む」といいます。これは、文字の一つ一つを音声に変える行為に力点を置いた表現だと思います。つまり、文字を一文字ももらさぬように声に出すということです。ですから、唱えるということとは違うのです。

こんな言葉を奈良の病院で耳にしたことがあります。市井《しせい》の名言です。

「あんたこの病気は日にちが薬やで。日なんか読まんと、ぼーっとしてたらええんや。」

やつこ

現代語の「やっこ」は、万葉ことばでは「やつこ」といいます。基本的には下働きをする使用人のことをいう言葉です。しかも、男女の別はありませんので、すべての使用人は「やつこ」です。

ところが、次のような言い方もしました。

他人のことをおとしめて呼ぶ「やつこ」

自分のことを卑下していう「やつこ」

この二つは、「やつこ」の原義を利用した使い方といえるでしょう。

さて、今日でも「やっこ」という言葉は使います。第三者を話題にして、親しみを込めていう場合です。

「そうか。やっこさん、昨日も朝帰りだったのか。たしかに、遊びたい盛りだからねぇ。しかし、体だけは気をつけてもらわないとね。」

という「やっこさん」はおとしめていっているというよりも、親しみを込めて揶揄《やゆ》しているのでしょう。

ちょっと古風なラブレターを書いてみましょう。

「私は今日から、あなたの発する言葉の〝やつこ〟になります。私の生きる道は、あなたの〝やつこ〟となる道以外にありません。どうかこの気持ちを……」

今どきこんなことをいったら逆効果です。実際に使うことは、おすすめしません。

ますらをの　聡《さと》き心も　今はなし
恋の奴《やつこ》に　我《あれ》は死ぬべし
（二九〇七）

ますらおらしい　剛い心も　今やなし……
恋の奴《やつ》めに　俺さまは殺《や》られる——

たまきはる

「たまきはる」の「たま」は、霊魂のことをいっているのでしょう。「きはる」の意味はよくわかりません。そうすると、「たまきはる」という枕詞がどうして、「うち（内）」、「いのち（命）」、「いくよ（幾代）」という言葉にかかるのか、わかりません。

こう書くと、驚かれる読者も多いと思いますが、じつは特定の枕詞がなぜ特定の言葉にかかるのか、その理由がわからないものも多いのです。しかも、枕詞を使っている本人がなぜかかるのかわからない場合も多いようです。

しかし、言葉というものは、一つのしきたりですから、わからないけれども、しきたりを守るということもあるのです。考えてみれば、私たちだって、なぜそういう言い方をするのか、わからないのに使っている言葉はいっぱいあります。

私ならこんな高校野球の応援歌を作って遊びます。

「たまきはる命のかぎり　われは追う　白球を
たまきはる命のかぎり　走る　グラウンドを」

たまかづら

◉たまかづら

「たまかづら」の「たま」とは、美称です。すばらしい松なら「玉松」といいます。「かづら」は、つるの伸びる植物の総称です。ところが、髪飾りの一つとして、「かづら」を頭に巻くことがあるところから、巻きつけるタイプの髪飾りをいうようになりました。

枕詞として使われる時には、

「かづら」という植物からの連想で花や実にかかる

「つる」が長く伸びることの連想から「遠長《とおなが》し」「絶ゆ」にかかる

例があります。

「たまかづら」という一つの言葉から、連想が働いて、さまざまな言葉が引き出されてゆきます。枕詞そのものは、カタにはまった言い回しなのに、引き出される言葉にはバラエティーがあります。ということは、表現者はさまざまに連想して、工夫をこらしてかかり方を考えるわけです。そこに詩としてのおもしろさがあるのです。だから、枕詞は世界に冠たる象徴詩だと思います。

言立《ことだ》て

「ことだて」の「こと」は、言葉の「こと」です。ですから、言葉を立てるということをいいます。では、言葉を立てるとは、どういうことかというと、しっかりと自分の意見を主張することです。つまり、明言するということになります。

大伴家持は、天皇への忠誠心をしっかりと述べる時に、この「言立て」という言葉を使っています。奈良時代は、天皇を中心とした国家ですから、天皇に忠誠を誓うのはあたりまえのことでした。しかし、それを口に出していうことはあまりなかったと思われます。あまりにも、あたりまえすぎることを、皆の前で明言する機会というものは、逆に少ないといえるでしょう。ですから、あえて明言したい時に、言立てという言葉を使いました。

あえて言立てして、こんなパリからのたよりはどうでしょう。

「ルーブル美術館のすばらしさなど、口に出して表現したとしても、ありふれてしまいますが、私はあえて言立てしたいのです。やはり、あの建物のなかで見る名画は、何ものにも代えられません。」

しこ

「しこ」とは、醜いもの、うとましいもの、けがらわしいものをいう言葉です。ところが、神名にも使われたりすることがあるので一考を要するところです。おそらく、醜いもの、うとましいものには、力のようなものがあると古代の人びとは考えていたのでしょう。力士の名を「しこな」というのも、強い者の名を表しています。

もちろん、「しこ」の原義は、「みにくいもの」にあるわけですから、相手を罵倒したり、自分を卑下したりする時にも使います。万葉ことばで夫の浮気相手の腕のことを「しこの手」というのもその一例です。また、宴席の時にかぎって鳴いてくれないほととぎすを「しこほととぎす」と呼んでいます。

また、おもしろい使い方としては、恋をしてメロメロになってしまった「ますらを」のことを「しこのますらを」と呼んでいます。ダメなますらをという意味ですね。

「私なんぞ、しこのますらをならぬ、しこの学者なんですが、それでも人並の努力や苦労はしているつもりなんですけどね。」

まろね

「まろね」とは、「まるね」のことです。衣服を脱がないまま、あるいは改めないまま寝ることをいいます。下着や上着の紐や帯を解かないまま寝ると、リラックスもできませんし、熟睡することもかないません。

では、万葉集に登場する「まろね」とは、どういう状況時の「まろね」なのでしょうか。基本的に旅先の「まろね」です。したがって、これは前述した枕詞の「草枕」と同じく、旅の苦労を表す言葉なのです。

歌というものは、不思議なものです。寝ることを歌う歌のほとんどは、ひとりで寝ることはつらいと歌う歌々です。しかも、その多くは、恋人や妻がいないので、寝られないという歌ばかりです。

さて、私ならこんなメールを書きます。

「今、名古屋駅近く。列車は明朝まで動かないとのこと。毛布が支給されたので、列車ホテル泊となりました。事故とはいえ、思わぬところで旅のまろねとなりました。」

第四章

ことばから古《いにしえ》の暮らしがありありと

しろたへの

「たへ」とは、この場合、布のことなので、「しろたへ」とは「白い布」です。ところが、「しろたへの」では衣や袖、紐、帯などにかかる枕詞となります。枕詞ということになれば、衣や袖が白でなくてもよいので、表現とはたいそうおもしろいものです。ただし、歌の世界では「しろたへの衣」といえば、まっしろな衣とイメージしてよいのです。

私はこの本を通じて、万葉集に登場する言葉にスポットライトを当てて、われわれ自身が言葉について学び、そこから深みのある言葉選びができるようにしたいと考えています。現代人は、現実が、文学に反映されていると考えがちですが、そうとばかりはいえません。むしろ、歌や物語というものが、イメージを作るので、私たちが読み取ることのできるのは、言葉で作られた世界なのです。

春過ぎて　夏来《きた》るらし　白たへの　衣干《ころもほ》したり　天《あめ》の香具山《かぐやま》　（二八）

春が過ぎて　夏が来たらしい……　真っ白な　衣が干してある　天《あめ》の香具山《かぐやま》には——

ふじ

「ふじ」とは、もちろん今日の富士山のことです。「ふじ」という音に対して、「布士」「布仕」などの漢字があてはめられます。「不尽」という書き方もありました。すなわち、永遠に尽きせぬ命を持つ山ということでしょう。なお、現在の「富士」という書き方が一般的になるのは、平安時代になってからのことです。

万葉集の時代、奈良の都の人びとが富士山を見るということは、極めて稀なことでした。富士山の近くまで、旅をすることは稀であったからです。

したがって、はじめて富士山を見た人の感動は、今日の私たちが考えるよりも、もっともっと大きなものだったと思います。

ところが、万葉集の東歌《あずまうた》に歌われる富士山は、柴刈りの山であり、見慣れた故郷の山の一つです。つまり、富士山といえども、毎日、見ていれば、ありふれた景色ということになるからです。

旅《たび》

「旅」といっても、いろいろな旅があります。数年に及ぶ大旅行もあれば、数時間の旅もあります。万葉集では、本格的な旅のことを「またび」といいます。「ま」は、この場合、ほんとうのとか、真性のというところでしょう。

また、旅に行くためには、家で着ている衣服とは違う衣装を着ます。これが「旅衣《たびごろも》」「旅行き衣」と呼ばれるものです。古代の旅は、時には野宿もあって、苦しいものでした。「旅寝」「旅宿り」といわれているものは、苦しいものだったのです。

一方、天皇や皇族の旅は、重要な国家的行事でした。「行幸」「みゆき」と呼ばれるもので、その場所に、天皇や皇族がゆくことが大切な行事でした。国を見ることは、帝王に求められる大切な行事であったからです。

この天皇の旅に随行《ずいこう》したのが、額田王《ぬかたのおおきみ》や柿本人麻呂、山部赤人《やまべのあかひと》らの宮廷歌人です。旅先で歌を献上するのが仕事だったのです。

酒《さけ》

万葉集の歌々は、基本的には、宴で披露された歌ですから、歌にも酒はよく出てきます。風流な酒の飲み方としては、花びらを杯に浮かべたり、月を映して飲んだりすることがありました。また、宴は人と人とを結びつけるものですので、重要な意味を古代社会では持っていました。主人は客のために心を尽くし、客は主人の心尽くしに感謝の気持ちを表すことによって、一体感を作り出すものだったからです。宮廷社会とは、宴で成り立つ社会といってよいでしょう。

一方、酒は人生の享楽を代表するものであり、大伴旅人《おおとものたびと》は酒を通じて、人生を楽しむことこそ、人としていちばん大切なことだと説きました。

酒坏《さかづき》に　梅の花浮かべ　思ふどち　飲みての後《のち》は　散りぬともよし

（一六五六）

杯に　梅の花を浮かべ……　親しい仲間たちと　飲んだそのあとは……　散ってしまってもかまわないさ

はろはろに

現代の言葉の「はるばると」は、万葉集の時代は「はろはろと」でした。したがって、その意味は、「はるばると」とか、「はるかに」となります。現代の「はるかだ」「はるか」は、古代では「はろはろなり」「はろか」でありました。この「はろ」を二つ重ねたかたちが「はろはろ」なのです。

基本的には、距離の遠さを表す言葉ですが、遠くから来たもの、見えるもの、聞くものはかすかであるので、「かすかだ」という意味も含まれることになります。

さて、「はろはろと」が遠さを表すといいましたが、どれくらいが遠いかということを考えねばなりません。結論から先にいうと、表現者が遠いと思った距離がその遠さなので、客観的な基準というようなものはありません。たとえば、ほととぎすの遠音の場合、聞こえる範囲というものが、あらかじめイメージされているので、一定以上のものを遠音だと思うわけです。旅の距離も、何のための旅かで、あらかじめ遠さがイメージされているのです。

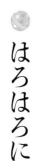

私ならこう使います。

「はろはろとしたほととぎすの遠鳴きを聞いて、鳥の声に耳を澄ませるのは何年ぶりだろう――。はるばる吉野までやってきたかいがあったというものだ。」

難波潟《なにはがた》　漕《こ》ぎ出《づ》る船の
はろはろに　別れ来《き》ぬれど
忘れかねつも
（三一七一）

難波潟《なにわがた》から　漕《こ》ぎ出す船ではないけれど
遥かに遥かに　別れてやってきたもんだ
だから家のことが忘れられないよ

夢《いめ》

現代の言葉の「ゆめ」は、古代では「いめ」といいました。語源としては眠るという意味の「い」に、「目」だと考えられています。つまり、眠っている時に見るものということでしょう。

さて、現代語では、「夢を見る」といいますが、万葉集では、「夢に見ゆ（夢に見える）」といいます。つまり、寝ている時の目で見たことになるというのでしょう。

この夢に対する言葉が「うつつ」です。「うつつ」とは現実です。寝ている時に見たものと、覚めている時に見る現実との対比がここにはあるのです。

してみると、夢というものは、寝ている時に見えるものなので、自分の意志によって見ることはできないことになります。あくまでも、寝ている時に見えるものをいうわけですから、「夢を見る」とは、ありえないことを自分の意志でするということになりますね。

しかし、それこそが、希望なのだと私は思います。

ひねもす

「夜もすがら」といえば、一晩中ということです。対して、「ひねもす」といえば、日が出ている朝から晩までということになります。すると、「昼はひねもす、夜は夜もすがら」といえばこれで昼も夜も一日中を表します。ところが「ひねもす」を単独で用いても、一日中となることがあります。この場合は、ひねもすに夜も含まれるのです。それでは、納得がゆかないという人も多いでしょう。

しかし、言葉というものには、そういう融通無碍《ゆうずうむげ》なところもあるものなのです。昼と夜の二つが合わさって一日中と表現したい場合と、昼が人間の活動の中心なので、ひねもすで一日中ということを表す場合とがあるのです。

さて、「ひねもす」といっても、わからない人がいる場合はどうすれば、よいのでしょうか。「ひねもす」を枕詞のように使って「ひねもす一日中」と重ねていえばよいのです。

よばひ

「よばふ」とは「呼びつづける」とか「呼びあう」ということで、それは求婚をも意味します。さらに、「よばひ」の期間については、次のように考えておくべきだと思います。

互いの名前を明かして、互いの名を呼びあう仲になったということは、それ以降、共寝をしてもよいということになります。したがって、夜、男は女の家にゆく権利のようなものを手にするわけです。しかし、この「よばひ」の期間は、一つのクーリングオフ期間であって、男女には結婚しないという選択肢も残っているのだと思います。いわば、婚約期間ということになるでしょう。

ですから、夜、体を伏せて、這《は》って行くので、「夜這い」だという解釈は、明らかに間違っています。この解釈は、「よばひ」の語源がわからなくなって、再解釈されたのです。言葉というものは、その時の知識によって、解釈されるものなのです。

つまどひ

古代の結婚というものは、男性が女性の家を訪れる形態を取っていました。夫が妻のもとに訪ねてゆくことを「つまどひ」といいますが、実質的には結婚生活のことを指します。この「どひ」は「訪い」で、訪問することをいいます。

すでに述べましたように、男女が互いの名前を呼びあう関係となる「よばひ」の段階を経て、家族や地域の人びとの公認のもと、男性が女性の家を訪れるようになります。こうなると、結婚が公に認められるわけですが、電話があるわけではないので、戸閉まりをして寝てしまったりして、家の中に入ることができない場合もあったようです。また、実際には、不仲となれば締め出されることもあったようです。万葉集には、締め出された男の歌というものもあって、なかなかおもしろいものです。

「よばひ」や「つまどひ」で締め出された男の歌は、いわば笑わせ歌で、宴などで、興に乗った時に歌われたのでしょう。

はちす

「はちす」といえば、現在でいう蓮のことです。実《み》の形が蜂巣に似ていることから、そのようにいいました。花は観賞用、実は食用ですから、人間に役立つ植物といえます。「はちす葉」といえば蓮の葉、「蓮の実《はちす》」といえばレンコンです。花も葉も実も有用なので、わざわざ間違えないように「はちす葉」というのです。

「はちす葉」は、大きいので、お皿のかわりに使われることがあります。これは、夏の宴の演出の一つです。この演出は、奈良時代にすでにありました。私も何度か、はちす葉に載せられた点心を食べたことがありますが、いまだに印象に残っています。

ことに印象に残っているのは、清涼感と清潔感があったことです。葉そのものに殺菌効果もあるというのですが、なによりも水をはじく性質があるので、よごれにくいのです。

葉が出ては食器となり、花が咲くと人の目を楽しませて、実ができれば食材となる。泥沼の中でもこれほど人に尽くすとは。

やど

現代の言葉で「やど」といえば、宿屋のことですから、自分の家のことはいいません。しかし、「やど」の語源を考えてみると、建物を表す「や」という言葉に、場所を表す接尾語「と」をつけた言葉です。つまり、建物と建物のあるあたりという意となります。したがって、万葉集では、自分の家についても、「やど」と表現します。

そして、もう一つ重要なことがあります。万葉集では「やど」と出てきた場合、そのだいたいは、自分の住んでいる建物の前の庭のことを指しています。おそらく、自分の住んでいる建物の前の一定の空間については、自分の好みの植物を自由に植えることが、容認されていたのでしょう。

天平時代に、「やど」に植えることが流行した植物があります。それが萩です。山野に自生した萩を自らの手で植えるガーデニングが行われていたのです。

つと

こんな話をすると笑われるかもしれませんが、子供のころ、近くの農家の方が、よく卵をわが家に持ってきてくれました。当時は、必ず藁《わら》に包んで持ってきてくれたものです。その藁の包みのことを「わらづと」といっていました。

「つと」というのは、「包んだもの」ということですが、万葉集では、今日いうところの「お土産《みやげ》」の意味でよく使われています。また、包んで差し上げるものですから、贈り物ということになります。

基本的に、古代における旅というものは、男性がするものでした。家には妻や子が待っているわけです。そこで、家に帰る時には、当然「お土産」を持って帰るわけですが、これを「家づと」と呼ぶわけです。

包んで渡すことによって、古代から日本人は相手に敬意を示していました。ですから、裸でお金を渡すことは失礼にあたりますし、品物はいろいろと工夫して包装することになります。日本にやってきた外国人が驚くのは、過剰な包装です。

私なら、お世話になった友人に旅先から、こんな手紙を書きます。

「結局、博多には二泊することになりました。あさって戻りますが、家づとならぬ友づとに辛子明太子を宅配便で送ります。多謝。」

玉津島《たまつしま》
見れども飽《あ》かず
いかにして　包《つつ》み持ち行《ゆ》かむ
見ぬ人のため

（一二二二）

玉津島《たまつしま》はね
見ても見ても飽きることなどありゃしない
どうやって包んで行こうか
見たことのない恋人に——

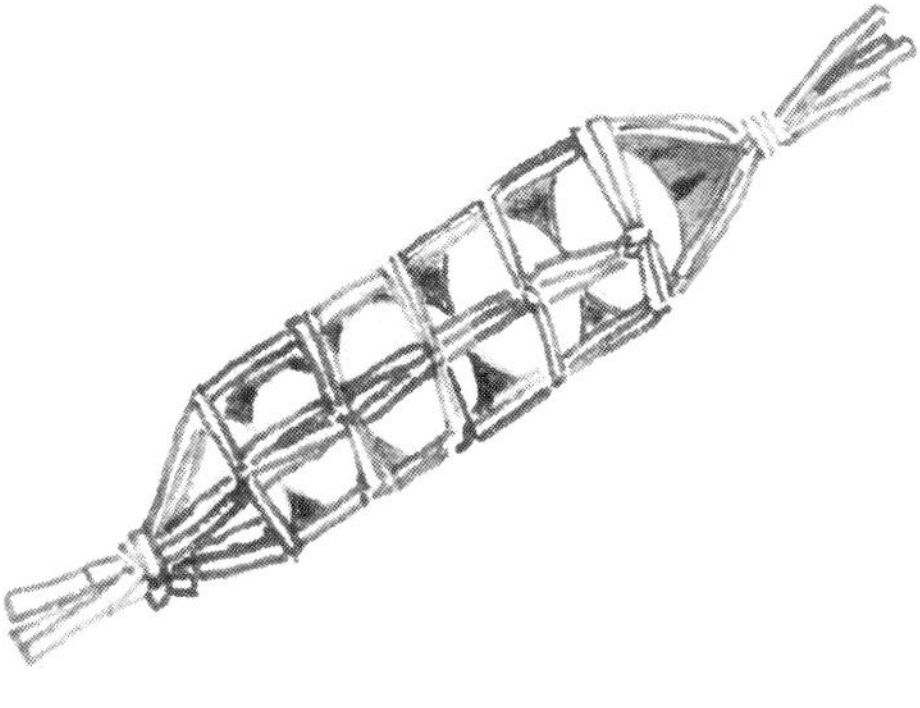

はらから

「はらから」の「はら」は腹のことです。「から」は難しい語なのですが血縁関係を示す言葉だといわれています。すると、同じ腹から生まれた人ということになるので、同母の兄弟、姉妹ということになります。

ところが、言葉というものは、その使い方を少しずらして、使うことがあります。なぜならば、そうやって、新しいことがらを表してゆくからです。

たとえば、現代において、「はらから」という言葉を使う場合、兄弟、姉妹について使うことは、ほとんどありません。むしろ、

同じ地域に生きる人

同じ国に生きる人

同じ民族

に連帯感を呼びかける時に使うことのほうが多いのです。「同胞」「同朋」です。つまり、兄弟、姉妹のように連帯をすべきであるということなのです。

みどりご、まなご

「みどりご」とは、原則として三歳以下の子供をいいます。「まなご」は、かわいい子供ということになります。すると、

「みどりご」→「おさなご」

「まなご」→「いとしご」

というように対応すると考えたらよいでしょう。

さて、「みどりご」の「みどり」ですが、なぜ「みどり」なのでしょうか。これは、おそらく、新芽や新緑の「みどり」だと思われます。つまり、「おさなご」の生命力を「みどり」という色で象徴しているのだと思います。若葉の色ですね。本来、色などついていないものに、色の名をつけることは、色を一つの象徴として使っているということです。そう考えると、「赤ん坊」「赤子」の赤も同じです。おそらく、こちらは、乳幼児の生きる力のようなものを赤で象徴させているのだと思います。乳幼児の死亡率がきわめて高い古代社会において、こういう象徴的な呼称がなされているのは、もっともなことだと思います。

わくらばに

「わくらばに」とは、「偶然に」とか、「たまたまに」ということを示す言葉です。

仏教では、人というものは、輪廻転生によって、この世界に人として生まれるとされています。すると、この世に今ある自分は善行を積んで、また人として生まれかわることができるかもしれませんが、なぜ自分が人としてこの世に生まれたかは、知るよしもありません。どうやってこの世にやってきたか、わかるはずもないのです。

こういう状況において、人としてこの世に生まれた私たちは、どう考えるとよいのでしょうか。

いちばん、納得しやすいのは、なぜかよくわからんが、たまたまこの世に人として生まれたと考えることです。だから、たとえ、今善行を積んだとしても、またこの世に人として生まれる確証などないはずだ。でも努力はしようということになります。

そういうことを語る時に、「わくらば」という言葉を使うのです。前世も、来世も考えても及ばぬところ。まさしく、生というものは、わくらばにあるものだと思います。

おくつき

「おくつき」とは墓のことをいう言葉です。「おくつき」の「おく」は「奥」です。「つ」は助詞「の」。「き」は柵のようなさえぎるものをいいます。したがって、「奥にあるところの見えないところ」くらいの意味になると思います。

ちなみに「はか」という語は、定められた空間をいう言葉と考えてよいので、こちらも死者のための空間ということになります。

「はか」と「おくつき」は、同じものですが、やはり文脈によって使い分けられていたと思います。「おくつき」のほうが、丁重な言いまわしで、主人公の墓に思いを馳せるような場合は、「おくつき」という言葉のほうを古代の人びとも使っていたようです。

今日、「おくつき」という言葉を使うことはほとんどありませんが、お墓のことを古典の言葉を使って表したいと思う人が、時に「おくつき」という言葉を使います。

言葉というものは、わかりやすければよいというのは、誤解です。時にはアバンギャルドに、時に古風に使い分けられるものなのです。

あま

現代では、女性ですもぐりをして、魚貝を取る人を「あま」と呼びますが、古典では違います。男女を問わず、漁をする人のことを「あま」と呼びます。しかも、海とは限らず湖などで漁をする人も「あま」です。具体的には、

魚や貝を採る
藻を刈る
海水から塩を作る
船乗りとして働く

ということを行う人たちの総称です。日本の古代では、海に関わる専門家集団として、その技術で大和朝廷を支えた人々がいます。それが「海部《あま》」です。

さて、「あま」という言葉を漢字で書き表す時に、「白水郎」と書くことがあります。「白水郎」とは、揚子江下流域で、水上生活をして、漁業や海運に従事した人びとを指す言葉でした。そこから、広く漁民を「白水郎」と書き表すようになりました。

ふなよそひ

「ふなよそひ」の「ふな」は船のことです。「よそひ」は、装うことだから、船を装いたてることをいいました。人が着かざり、化粧をするように、船もかざるわけです。

出発時においては、多くの見送りの人、見物人が来ているので、船装いがなされたようです。どんなものが想定されるかというと、

櫂を立てる

旗を立てる

乗組員が並ぶ

万葉時代の船の研究というのは、たいそう難しく、古墳時代の埴輪か、平安時代の絵巻を参考とするほかはありません。資料は少ないのですが、そういったものを参考にすると、およそ「ふなよそひ」のありようは前述のようなものになると思われます。

西国の防備にあたった防人《さきもり》たちは、難波津から出航して、筑紫へ向かったのですが、その際も、「ふなよそひ」が行われたようです。

とほのみかど

「みかど」の「み」は尊敬を表す接頭語です。「かど」はこの場合、門ないし建物を表します。すると「みかど」といった場合は「尊い門」とか、「すばらしい門」ということになります。しかし、門や建物の大きさやすばらしさは、そのまま身分を表しますので、「みかど」は朝廷ということも表します。古代の朝廷は、天皇の住まいでありましたから、平安朝になると天皇そのものを「みかど」という言葉で表すようにもなります。

「とほの」は遠いということですから、遠いところにある朝廷ということになります。つまり、地方にある政庁です。

万葉集では、「とほのみかど」は九州を統括する大宰府を示す例が多いのですが、すでに述べたように大宰府に限定する必要はありません。役人たちは、やはり出世を望む者であり、都で勤務したいのがホンネでしょうが、役人となったからには、天皇の命とあらば場所をいとうことはできません。「とほのみかど」へも赴任していきました。

第五章
本来の意味を知り、ことばに親しむ

ゆゆし

現代の言葉の「ゆゆしい」は、困ったできごとであり、そのままにしておくと大変だという時に使う言葉で、「三期連続の赤字で、しかも資金もなくなってきた。これは、会社の存続に関わるゆゆしき問題だ」というような使い方をします。

ところが、古典に出てくる「ゆゆし」は少し違います。その原義は、忌み慎まなければならないことに使います。「ゆ」とは、神聖なものを表す言葉で、接する者が精進潔斎しなくてはならないようなことをいいます。具体的には、

身も道具も建物も清める

みだりに口をきかず浄らかにする

というようなことが求められています。ここから、それほど慎重に行わなくてはならないことについて、「ゆゆし」を使うようになっていったと思われます。

神聖なものと接する時の恐れの感情が、慎みにつながり、困ったことに使われることになった歴史を知っておくと、深みのある使い方ができるのです。

あたらし

●あたらし

万葉集で「あたらし」とは、惜しいことをいいます。それが、いつのころからか、「あたらし」という言葉で、新しいことを表すようになりました。

このあたりは、高校の古文の先生が、力説されるところで、

古文で、「あたらし」と出てきたら、惜しいと訳しなさい。新しいということを表すのは「あらたし」です。

と授業中にいわれたと思います。ここは間違いやすいところなので、強調して教えるのです。

「あたらし」という言葉には、惜しいというところから、大切であるとか、もったいないという意味が込められるようになります。つまり、惜しいという感情が起こるのは、そのものが大切だからなのです。ですから、「あたらし」を、「大切な」と訳すこともあります。

にほふ

「にほふ」という言葉は、古代では主として視覚について用いられていましたが、現在は嗅覚について用いられる言葉になっています。

「にほふ」は、主として、赤や紅について用いられます。じつは、赤という言葉の語源は「明るい」の「あか」ですから、赤は光の色ということになります。もちろん、光というものは、いろいろな見え方をするので赤と決めつけてしまうのはおかしいと思いますが、光の色は赤で代表させるのでしょう。

子供は絵の中に太陽を描きたがり、多くの子供は、太陽を赤いクレヨンで描きます。私は、光の色は赤で代表されるということを子供は直感的に知っており、さらにはすべての光の根源は太陽であると理解しているのではないかと思います。

花にも、人にも「にほひ」というものがあります。もちろん香りのことですが、その人の持っている雰囲気というものもあって、そちらはビジュアルでしょう。それが古典の「にほひ」だろうと思います。

もゆ

現代の言葉では、「草もえる」といえば、草木が芽吹くことをいいます。しかし、古典では「もゆ」とのみいっても、「草もゆる」という意味となります。

「もゆ」ということをいったい、私たちはどう考えたらよいのでしょうか。おそらく、春の芽吹きというものは、一つの生命の摂理であるはずです。そういう自然の力を感じさせる言葉が「もゆ」です。若木の芽吹きは、一つの自然の力といってもよいでしょう。

ひところ流行語となった「もぇー」は、体の中から湧き上がっている気持ちを表した言葉だと思います。可愛いものを見て、体の中から湧き上がってくる、いとおしいと思う感情を音声で表現したのが、あの「もぇー」だったと思います。それは、あたかも、冬枯れの草木が芽吹くようなものなのでしょう。

春は萌《も》え　夏は緑に　紅《くれなゐ》の　斑《まだら》に見ゆる　秋の山かも

（二一七七）

春は萌えて　夏は緑に　紅《くれない》の　まだらに見える　秋の山はね

まがふ

四段動詞「まがふ」は、入り乱れることをいいます。多くのものが、入り乱れると、見分けにくくなるので、見分けにくいことをいうようになりました。では、万葉集ではどのようなものの入り乱れるさまが歌われているのでしょう。

花びら
もみじ
露
人

ということになります。対して、下二段動詞の「まがふ」は、見間違えるという意味です。この言葉は現代でもよく使います。

女優さんと見まがうほどの美人

などという時の「見まがう（ふ）」です。

さて、歌舞伎の演出で、落花や降雪を表すことがありますが、最初ひらりと舞い散ると哀感が漂います。そして、散り「まがふ」ようになると、何か運命的なものを感じます。ですから、このタイミングというものは難しいものだと思います。現代でも、こんなふうに使うことができます。

「梅園に入って、茶屋で甘酒をすすっていると、小雪が舞ってきた。まるで白梅と見まがうばかりだ。もちろん、寒かったけれど、もうこんな梅見もできないだろうと思いながら帰ってきた。」

妹《いも》が家《へ》に　雪かも降ると
見るまでに　ここだも紛《まが》ふ
梅の花かも

（八四四）

恋人の家にね　雪が降るのかと
見えるまで　こうも紛らわしく……
散る梅の花――

うつらうつら

古典の言葉の「うつらうつら」は、しっかりと、はっきりと、という意味です。

ところが、現代の言葉の「うつらうつら」は、眠たかったり、疲れたりしていることをいいます。すると、古典の言葉と現代の言葉と意味が逆になりますね。

なぜ、そうなったかを解き明かすことは難しいのですが、私はこう考えます。本来、「うつらうつら」は、はっきりと、しっかりとという意味ですが、人が自分でそうしなくてはならないと思う時は、眠たい時や疲れている時です。ですから、「うつらうつら」ということは、自分で自分を励ましながら、しっかりと考えることとなったのでしょう。

こんなふうに使えます。

「大きな事故のあったあの日の夜。どうしてこんなことになってしまったのかと、うつらうつら考えていました。」

こういう使い方をすると、頭が働かなくなった状態で、なんとかがんばって考えてみたということを表現できます。

つらつらに

現代の言葉で「つらつら」とは、つくづくということです。たとえば、

つらつらおもんみるに、やはり勝負というものは最後までわからぬものだと思った。

というような使い方をします。万葉集では、「つらつらに」と「に」を添えて副詞として「つくづく」「よくよく」という意味として使います。

さて、言葉というものは、その意味と離れて、音楽のように機能することがありますね。

たとえば、同じ歩くのでも、

てくてく歩く

しゃなりしゃなり歩く

どたどたと歩く

とでは違います。まるで、音とリズムが効果音のようです。「つらつら」というと、上を向いたり、下を向いたりして、時にため息をつく様子が思い浮かびます。

注意しなくてはならないのは、うつらうつらと混同することで、よく誤用があります。

かぜ

「かぜ」という言葉は、古代から現代に至るまで、ずっと使われてきた言葉です。しかし、風に対する感覚は、古代と現代とでは異なります。

風は一つの予兆を表すものだと考えられていました。たとえば、季節風がそれです。その風が、気候に変化をもたらすと考えられていたのです。

この感覚は現代でも残っています。

会社内で副社長に対する風向きが変わって、批判の言葉も聞かれるようになった。当分、副社長への風あたりは強そうだ。

といった場合には、一つの雰囲気のようなものを表しているはずです。

感冒のことを「かぜ」と称しますが、おそらくこの病気が突然やってきて、突然去ってゆくものだということに由来するのだと思われます。ですから、「かぜがぬけきれない」などという言い方をするのでしょう。

どこから来て、どこに消え去るかわからない存在が風なのです。

この世《よ》

「この世」「その世」「あの世」「どの世」があるとすれば、「この世」はいちばん近いところにある世の中です。だから、現在、今生きている世界ということになります。もちろん、来世もあって、こちらは「来《こ》む世」といいます。

漢語でいえば「現世」「今生《こんじょう》」となるでしょう。「今生の別れ」といえば、この世から去るわけですから、死ぬことか、生きていても逢えない状態になることです。

過去、現在、未来という三分類が、仏教思想からきているという学者もいますが、そうではありません。それは、仏教の用語を使っているだけであって、それ以前も、「この世」「あの世」「来む世」などという言い方で、世の違いを表していたのです。

この世にし　楽しくあらば　来《こ》む世には　虫に鳥にも　我《われ》はなりなむ

（三四八）

この世でね　酒さえ飲んで楽しかったら……　あの世では　虫にでも鳥にでも　俺さまはなってていいがね

よのなか

「よのなか」という言葉は、万葉集の時代から、現在に至るまで日本人が使い続けている言葉です。それも、まったく変化せずに。言葉は変わるというけれど、変化しないもののほうがじつは多いのです。なぜならば、言葉は、親から子へと伝えてゆくものだからです。

さて、「よ」とは何かといえば、特定の区切られた時間や空間をいう言葉です。「夜」の「よ」もそうですし、「この世」の「よ」もそうです。すると、人間がこの世界におぎゃあと生まれてから死ぬまでも「よ」ということになります。

また、「来世」や「極楽浄土」に対する現在、今は「この世」であるわけですから、「よのなか」といった場合には、二つの意味があります。一つは、人生そのもの、もう一つは人間のいる社会そのものということになります。いわば、人の世ですね。

もし、試験に落ちた人がいたら、私はこうなぐさめます。

「世の中、うまくゆかないことばかり。それが世の中じゃないか。でも、世の中、捨てたもんじゃないよ。この失敗がひょっとしたら将来の宝になるかもしれないよ。」

「よのなか」といった場合、一般には俗世間ということになりますが、それはいつでも、どこにでもあるものを語る時に使う言葉です。

世の中は　空《むな》しきものと　知る時し
いよよますます　悲しかりけり　（七九三）

世の中をね　空《むな》しいものだと思い知った今……
いよいよ益々　悲しく思われる（この世の中）

すべ

「すべ」は、方法を表す言葉です。何かをなそうとする時のやり方、仕方ということになります。私などは「手だて」と訳すことにしています。

ただし、万葉集に登場する時は、そのほとんどが打ち消しの言葉をともなって使われます。「せむすべ知らに」とは、「する方法がわからなくて」ということです。

今日では、かなり古風な言い方になりますが、「すべ」が使われることもあります。「すべがない」「すべもない」というような使い方です。「すべなし」は、手だてもなく、どうしようもなくて、茫然自失の状態をいう時に使います。愛する人を亡くしてしまった時、たちゆかなくなってしまった貧しい人の暮らし、身を焦がすような恋などです。

海《わた》の底《そこ》　奥《おき》を深めて　生《お》ふる藻の　もとも今こそ　恋《こひ》はすべなき　（二七八二）

海の底　水底深く　生《は》える藻ではないけれど……　もっとも今は　どうすることもできない　私の恋は

わざ

現代の言葉の「わざ」は、技術と考えられていますが、古典ではもう少し広い意味で使います。事柄や行為、さらには習慣も「わざ」といいます。

しかし、よく考えてみると、現代の言葉のなかに、古典の用法が残っていることもあります。

しわざ

わざわざ

の「わざ」は、技術ではなく行為のことです。

人が生きてゆくということは、世間を渡る技術を身につけてゆくことです。あいさつの仕方も、一つの技術です。しかし、技術が先行して、心がともなっていないと、人はすぐにそれを見破ります。心がともなっていない行為をする人のことを「わざとらしい人」というのです。恐《こわ》いことです。心から感謝をしている人と、生きてゆく技術にたより感謝をしているふりをしている人を、人はたちどころに、見抜いてしまいます。

たぎつ

「たぎ」とは、激流のことをいいます。また「たぎつ」とは、激流となって水が流れることをいう言葉です。「たぎ」は「タキ」の語源だといわれていますが、現在「たぎつ」という言葉は、残っていません。

しかし、唯一、残っている例があります。

お湯が煮えたぎる

の動詞「たぎる」です。つまり、沸騰の様子が「たぎる」と表現されているのです。

このように、品詞や意味が変化しながらも、現代語のなかに、古代の言葉が残っていることもあります。私たち研究者は、親愛の情を込めて、「化石的残存」といったりします。

さて、「たぎつ」ところは激流さかまくところで、古代の人びとは、神の力の顕れるところだと考えていました。だから、そういうところに離宮も建てられました。そのような場所に建てた理由は、離宮の主人は天皇ですから、天皇が神を支配することを示すためです。

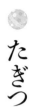

とよむ

「とよむ」は、鳴り響くということです。今日では、「どよむ」「どよめく」「どよもす」のようなかたちで残っています。ただし、現代の「どよむ」は、主として多くの人びとが発する声に対して用いることが多く、使い方が違います。「どよむ」は主として、さわがしいと感じるものに対して使われるのです。万葉集の「とよむ」は、

ほととぎすの声

鹿の声

雷鳴

水のほとばしる音

などに対して使用しています。

音をどうとらえるかということは重要です。情報としてとらえるか、一つの鳴動としてとらえます。鳴動としてとらえる場合、響きあっていることや振動していることに力点が置かれます。「とよむ」は鳴動のイメージのある音に使用される言葉です。

いとふ

労をいとう

「いとふ」とは、いやだと思うことです。現代語でも使われていて、というような言い方はよくあります。この場合は、手間、ひまをかけて丁寧な仕事をしようとはしないということです。ただし、「いとう」という場合には、はっきりと拒絶するのではなく、気分としてなんとなく避けるというニュアンスがあります。

形容詞の「いとわしい」も同じで、こちらも、わずらわしくてめんどうくさいから、したくないということを表します。

一つのことをなしとげるためには、一つ一つの作業を丁寧にこなす必要がありますね。ところが、将来に発生する困難が、現段階ではよくわかっていないこともあります。そういう今後出てくるであろう予想できない作業について、ぼかしていう場合、「いとふ」という言葉は便利です。

いむ

信仰の根源にある感情とは、いったいなんでしょう。

それは、恐れです。神仏の偉大なる力に対する恐れです。だとすれば、人間の側は、神仏に対して、恐れ慎んで接する必要があります。身を清めるとか、作法を守るとかそういう行為です。そのような定めを禁忌といいます。「タブー」のほうが今の人には、わかりやすいかもしれませんね。

この禁忌にふれないように慎むことを「いむ」とか「いはふ」といいます。基本的には、身を清め、静粛にして、作法を守って、神仏に対して敬虔であるということです。

ところが、「いむ」行為というものは、日常生活から神仏を遠ざけてしまいます。敬して遠ざけてしまいます。遠ざけておいたほうが、安全だからです。そうしたほうが間違って、禁忌にふれることがありません。そこから、何かを避けるという言葉の使い方が生まれました。

かたみ

「かたみ」とは、「かた」を見るもののことをいいます。「かた」とは、姿のことです。たとえば、ここに遺品があるとします。死んだ人は、そこにいないわけですが、その品物を見ると、その本人の姿を思い起こします。こういうものを「かたみ」といいます。つまり、人を偲《しの》ぶよすがとなるものが「かたみ」なのです。

ただし、古代の「かたみ」の場合には、生き別れの人にも使います。つまり、死別、離別を問わずに「かたみ」という言葉を使っているのです。

では、どんなものが「かたみ」になるのでしょうか。

衣、ことに袖

二人で植えた植物

二人で見た風景

などが「かたみ」となります。衣や、袖は、本人が着ていたものですし、肌に触れたものです。思い出のある植物も「かたみ」となります。

意外なのは、風景です。ですから、「かたみ」を見る旅といえば、ありし日の姿を偲ぶ場所を求めにゆく旅ということになります。

私ならこう使います。

「彼が丹精を尽くして作った庭は、まるで彼の姿を見る〝かたみ〟のようだ。」

逢《あ》はむ日の　形見《かたみ》にせよと　たわやめの
思《おも》ひ乱れて　縫《ぬ》へる衣《ころも》ぞ
（三七五三）

逢《あ》える日まで　形見にせよと　たおやめが
思い乱れて　縫《ぬ》った衣《ころも》です　これは

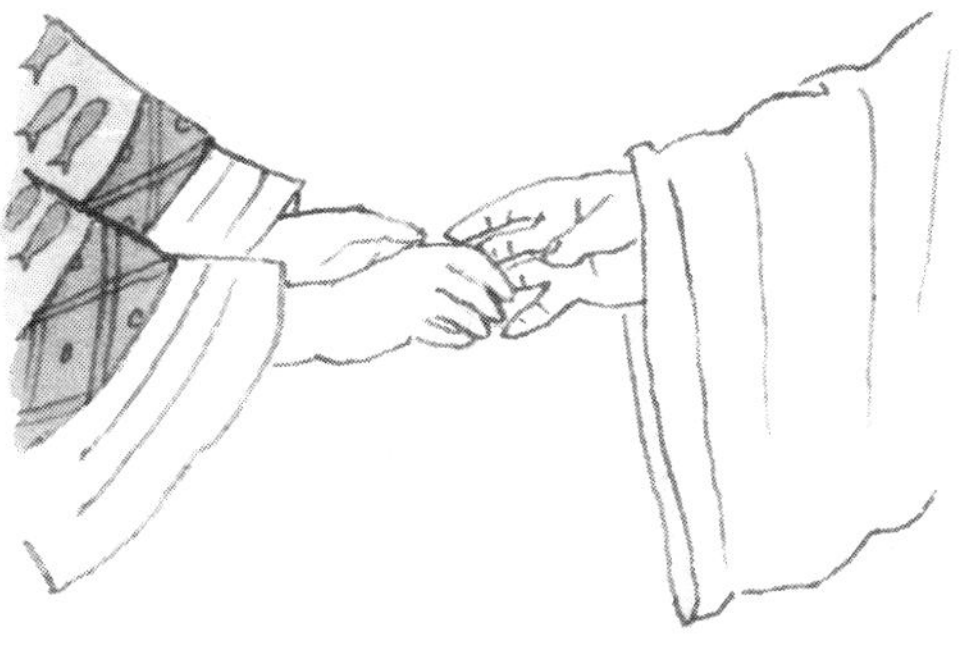

つれもなし

「つれ」は、「ゆかり」ということです。したがって、「つれもなし」といった場合、縁もゆかりもないということです。「つれ」という言葉は、関係を示していると思われますから、関係のない場合は「つれなし」になるわけです。この「つれなし」は「つれない」として、現在でも使っていますね。

「結局、明日はデートをしてくれないのかなぁ。つれない返事で、がっくりだ」という時の「つれない」です。

「つれ」というのは、漢語でいえば「縁」です。縁や「つれ」を大切にするという生き方は、自分が出逢った人、その状況を大切にして、さらに縁すなわち「つれ」から広がる縁を大切にしてゆくという考え方です。考え方によっては、状況に流される生き方で流れのままに生きてゆく生き方といえるでしょう。反面、それは人と人とのネットワークを大切にする生き方でもあります。

夫や妻を「つれあい」ともいいます。

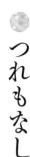

なつかし

現代の言葉の「なつかしい」よりも、古典の言葉の「なつかし」のほうが、やや幅広く使われます。現代では、もっぱら過去の郷愁に対して使われますが、古典では、心がひかれて離れがたいものは、みんな「なつかし」と表現します。

たとえば、どこかに行き、その場所を気に入ってしまい、ずっと、そこにいたいと思ったとしましょう。すると、そういう感情が「なつかし」なのです。

はじめて行ったところなのに、なぜかなつかしく感じられるところが私にもありました。おそらく、過去の体験とどこかで結びついていて、その体験の記憶と結びついているのでしょう。だから、なぜか郷愁を感じてしまうのです。私はこの四十年、アパート暮らしをしています。ですから、縁側のある民家にゆくと、ふと昔住んでいた家のことを思い出します。ところが、ドイツの田舎で日なたぼっこしているお年寄りを見た時も、同じことを思い出しました。人がなつかしいと思うのは、場所や物が持つ一つのイメージに対するあこがれがあるからでしょう。

ふるさと

「ふるさと」とは「古い里」のことです。しかし、現代の言葉「ふるさと」は、たんに「古い里」のことではありません。生まれ育った地であり、かつ思い出のある田舎とイメージされるところです。都会的でないイメージです。

東京育ちの人が、「私にはふるさとがない」といったので、「あなたのふるさとは東京でしょう」といったことがありました。やはり、「ふるさと」には思い出のある山河がなくてはならないのですね。

ところが、古典の言葉の「ふるさと」は、主として、古い都を指します。というのは、都が遷《うつ》るので、かつての都が「ふるさと」になるのです。多くの人びとが、遷都とともに新しい都に移り住むことになるので、皆の「ふるさと」ができるのです。

平城京に都が遷ると飛鳥《あすか》が「ふるさと」になるし、大和国から山城国に都が遷ると大和全体が「ふるさと」になります。こう考えると、もし、外国に移住したら、日本全体が「ふるさと」になるはずです。

ひな

「ひな」とは、都から遠く離れたところをいう言葉です。つまり、田舎のことです。「ひな」という言葉は、あまり使われなくなりましたが、

ひなびた山あいの温泉地

のような言い方はよくあります。この「ひなび」は、動詞「ひなぶ」からきた言葉です。ひならしくある。田舎らしくあるという言葉です。反対の言葉が、「みやび」でこちらは、宮風であるということです。この宮は、天皇の住まいのことをいいますから、まあ都風だと考えておけばよいでしょう。

人間というものは、勝手なもので、あれほど自然を壊しておきながら、自然を保護しようといいます。都会に生活しているほど、田舎にあこがれます。しかし、人間は、そうやって、バランスをとって生きてきたのかもしれません。

ちまた

「みち」が「また」になっているところが、「ちまた」です。「ちまた」は、交差点をいいます。たくさんの道が交わるところが、「やそ（八十）」の「ちまた」です。「八十のちまた」が、「やちまた」になると考えてよいと思います。

たくさんの道が、交わるところは、人がたくさん往来します。物が集まり、お金も集まります。すると、そういう場所が物資の集散地、市《いち》としてにぎわいます。「ちまた」「やそのちまた」「やちまた」といっても、実際には一つのマチだと考えてよいでしょう。

もちろん、ムラとムラ、マチとマチを結ぶのがミチなのですが、ミチがマチを作ることだってあるのです。こういった人、物、金が集まる市では、歌垣《うたがき》と呼ばれる古代のカップリングパーティーも行われていました。また、喧嘩もありますし、公開処刑が行われることもありました。

「ちまた」が、道の交差点であり、実質的には市の開かれるマチであることを知っていれば、深みのある言葉の使い方ができます。現代でも使える言葉です。

「〝ちまた〟のうわさというものを信ずるのも愚かなことだが、うわさのなかに潜んでいる〝ちまた〟に生きる人びとの思いを読みとることも重要だ。」

（三一〇一）

紫《むらさき》は
灰《はひ》さすものそ　海石榴市《つばいち》の　八十《やそ》の衢《ちまた》に
逢《あ》へる児《こ》や誰《たれ》

紫染《むらさきぞ》めには
その灰を入れるものなんですよ
その灰にする椿ではないけれど
椿市《つばいち》の　八十《やそ》のちまたで
出逢った君の名は　誰？

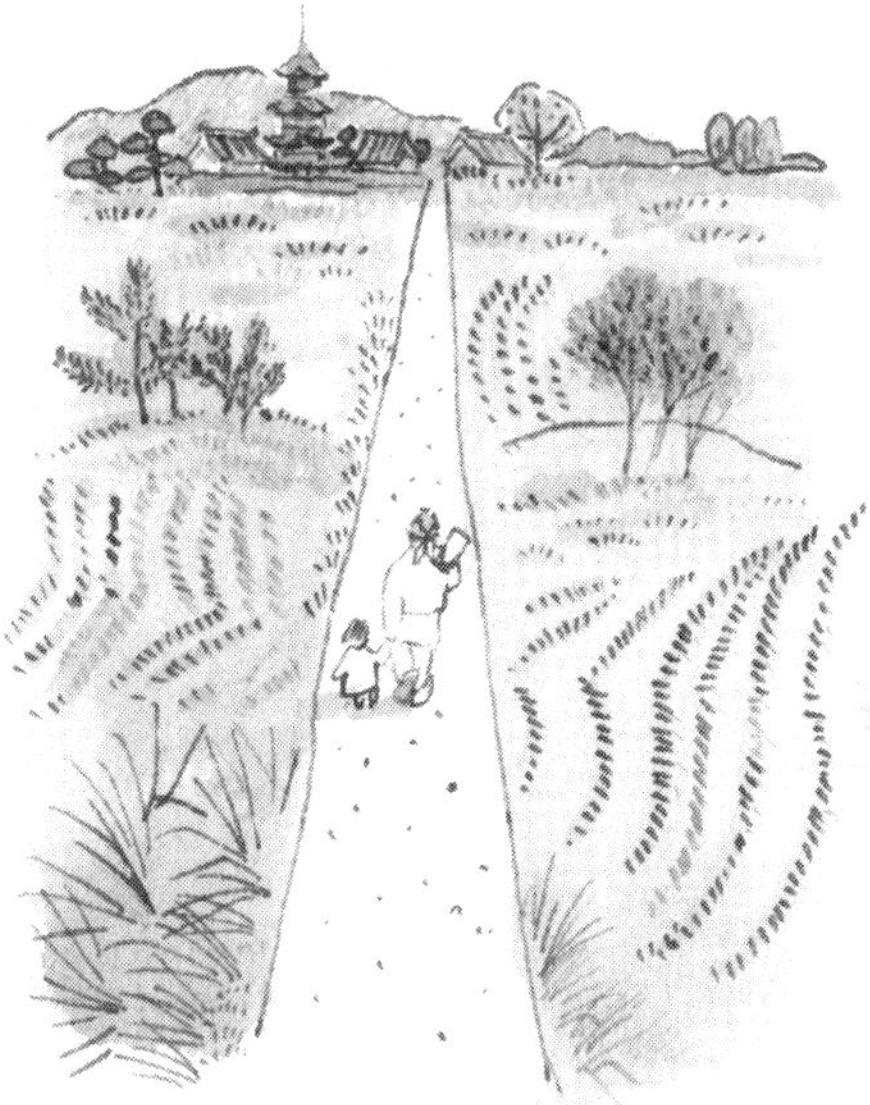

刀自《とじ》

この本を書いていて、あれれ、俺も年を取ったなと思うことがありました。私が学生のころは、手紙で使う尊称に「大兄《たいけい》」がありました。また、年配の女性に対して、「春子刀自」のように、「とじ」を使う人がまだいました。しかし、考えてみると、そういう尊称を使う人などもういなくなってしまいました。

「お母さま」というほどの意で、「ははとじ」という言い方が万葉集に登場します。また、若くても、家をきりもりする立場になったわが娘のことを「わが子の刀自」といいます。

このように「とじ」という尊称は、その家の家事を取りしきる女性に対して用いられたものが、一般的な尊称になったものと思われます。

よくいわれていることですが、家々で自家用の酒を作るのは「とじ」の仕事であったために、酒作りの職人のことを「とうじ（杜氏）」というようになったようです。

◉刀自

なでしこ

「なでしこ」は、万葉集に二十六例登場しますが、うち十一例は大伴家持の歌です。その大伴家持は、早逝した恋人のことをなでしこの花にたとえています。なでしこは、家持が自ら庭に植えた花でもあり、家持が愛してやまなかった花です。

とすると、なでしこをもって、美しくやさしい女性のたとえとすることは、千三百年前からあるということになりますね。私は、なでしこが、「やまとなでしこ」と日本人の女性の美を代表することになったのは、ひとりの歌人の力によるのだと思うと不思議な感じがしてなりません。しかし、言葉というものは、おもしろいもので、日本の女子サッカーチームが「なでしこジャパン」と名づけられると、今度は「なでしこ」という言葉を、最初にサッカーチームから知る子供たちも出てきます。

一本《ひともと》の　なでしこ植ゑし　その心　誰《たれ》に見せむと　思《おも》ひそめけむ

（四〇七〇）

一本の　なでしこを植えた　その気持ち……　誰に見せようと　思ってのことか

なやまし

現代の言葉の「なやましい」は、古典の言葉の「なやまし」からきています。ですから、「なやまし」という形容詞を、日本人は千三百年も使っていることになります。

この「なやまし」は、当然「なやむ」という言葉と関係があります。つまり、悩ませるようなことがらが、「なやましきこと」なのです。

さて、悩みというものは何から起こるかというと、強い欲求から生まれます。こうしたいと思っても、人生なかなかうまくゆかないから、なやましいのです。食欲、性欲、名誉欲などは、逆に悩みの根源となります。

少ない例しかありませんが、古典では、美しい人妻を見て、おさえきれない衝動を詠《よ》んだ歌があります。

よく男性週刊誌などに「なやましいヌード写真」などというフレーズを見ますが、これは「なやまし」の使い方としては、間違っていないと思います。

いたはし

古典の言葉の「いたはし」は、つらく、苦しいことをいいます。現代の言葉の「いたわしい」も、同じです。しかし、現代では、「いたわしい事故です」などのように、他人のことにしか使いません。たとえば、他人が亡くなった時に「あのおいたわしい姿を見ると、胸がいたみます」といった場合、それは同情する気持ちを表すことになります。

しかし、古典の「いたはし」は、自分にも他人にも使います。

では、古典の「いたはし」のつらいことの具体的な内容はどういうものでしょうか。一般的には、手間ひまがかかってつらいとか、あれこれと骨を折ってつらいことです。ですから主として、労力についていうようです。「いたわしい」状態を見ていると「いたわしく」思う自分がいる。このように、人間には他人の喜怒哀楽を共有しようという本性があります。この点を踏まえて私ならこう使います。

「献身的に看病をされていたので、私はその姿を見るにつけ、彼女のことをいたわしく思った。もちろん、何もしてやることはできなかったけれど、いたわしく感じられた。」

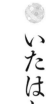

うるはし

古典の「うるはし」は、現代の言葉の「うるわしい」です。万葉時代から現在まで使われている形容詞です。

姿なら姿が美しいこと
風景なら風景が美しいこと
心なら心が美しいこと

をいいます。

ではどのように、美しいのでしょうか。姿の場合、その姿が端正な時に主として用います。顔なら目鼻立ちが整っている。服装なら、清潔でちゃんと着こなしているということです。風景なら、山川草木の調和がとれた美を持つ風景になるでしょう。心なら、自分に対しても、人に対しても誠実であるということになるでしょう。おごり、たかぶりがなく、いわゆる嘘のない人です。口に出して説明はできなくても、多くの人は、なんとなくこのような意味を理解していると思います。

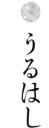

きらきらし

今日、「きらきら」は、ものの光るさまをいいますが、万葉時代においては、姿や顔が、整っていて美しいことをいいました。つまり、端正な美を表す言葉だったのです。おそらく、そういう端正の美が、光沢を表す言葉に転じたのだと思われます。

よく、顔のつくりといいますが、目鼻だちが整っている人は「きらきらしき人」ということになります。その点では、「うるはし」という言葉と近いと思います。こちらも端正な美をいう言葉です。奈良の興福寺の阿修羅像は、まさしく「きらきらしき顔」でしょう。あの繊細な顔を思い起こしてみてください。おとなになりきれない少年の顔は、どことなく繊細、微妙なものです。私なら、友人の赤ちゃんをこう褒めるでしょう。

「笑い顔も、泣き顔も、可愛らしくて、何をしても、許してやりたくなる顔ですね。光るわけではないのですけれど、光って見えます。古文でいえば〝きらきらし〟かなぁ。」

褒めれば相手が喜ぶ、相手の喜んだ顔を見れば、こちらも嬉しい。褒めると、世の中というものは明るくなるのです。

かぐはし

「かぐはし」とは、香りがよいことをいう言葉です。香りがよいということは、多くの人びとに好まれるということだから、心がひかれるという意味にもなります。心がひかれるということは、どこかなつかしいところがあるものですから、なつかしいという意味にもなります。

臭覚は、視覚や聴覚に比して、ものの好き嫌いと結びつきやすいのです。たとえば、絵を見たり音楽を聴いたりして、吐き気をもよおしたり、気絶することはほとんどありません。しかし、臭いによっては、吐いたり、気絶する人もいます。

「かぐはし」の場合、よい香りなのですから、人をよい気分にします。つまり、「かぐわし」は気分に関わる言葉なのです。

かぐわしき人とは、言葉で表現しにくいよさを持った人ということになります。

第六章
ひと言に深い思いが隠されている

すだれ

「すだれ」とは、「簀《す》」のうちで垂れる形状のものをいいます。風にもゆれるわけで、万葉集では、風にゆれる「すだれ」が歌われています。

注意しなくてはならないのは、夏ばかりではなく、四季を通じて使用されていたことです。今日の建築では、建物内の空間を細かく壁で区切ることができるのですが、平安時代を見ると屏風や几帳などで個人の空間を確保しています。「すだれ」も、視界をさえぎることによって、個人の空間を確保するものだったと思われます。

もう一つ重要なことがあります。「すだれ」の場合、戸と違ってそこに人がいることがわかります。私語をやめたり、身づくろいをすることができるのです。

君待つと　我《あ》が恋ひ居《を》れば　我《わ》が屋戸《やど》の　簾《すだれ》動かし　秋の風吹く

（四八八）

あなたを待つと　わたしが恋い慕っていると……　わが家の戸のすだれを動かす　秋の風が吹く（でも、あなたは来ない。風だった）

みそぎ

「みそぎ」の語源は、「身すすぎ」ないしは「水すすぎ」のどちらかといわれています。「すすぐ」ということは、水で身を清めるということです。

古い神社に行くと、神社の前に、御手洗川《みたらしがわ》と呼ばれる川が流れていることがあります。これは、かつて、参詣者が「みそぎ」をしていた川です。したがって、この川で裸になる必要があったのです。裸になるために建物も必要となるし、荷物をあずかる人も必要となってきます。さらには、その場所で食事を取ることもあったでしょう。こういうことをしてくれるのが、門前の茶屋です。

しかし、いちいち、裸になって「みそぎ」をするのは、めんどうなことです。そこで、多くの神社では、手水《ちょうず》のための鉢《はち》を置くようになります。今日では、ここで、口をすすぎ、手を洗って、「みそぎ」をすませたことにします。

スキャンダルの代議士でも、選挙で再選を果たせば、「みそぎ選挙」などといいます。しかし、本来の「みそぎ」とは、身も心も清らかになるということですが。

みやび

建物のことを大和言葉で「や」といいます。偉い人が住む「や」は、「み」を冠して「みや」と呼びます。ですから、「みや」の主人は、神様か、天皇、皇族ということになります。これに「ぶ」という言葉をつけると「みやぶ」という動詞になります。この「みやぶ」という動詞は、宮風であるとか、宮風にするという意味です。古代の宮は、経済、文化の中心地でした。「みやぶ」とは、まさしく都会風ということになります。この「みやぶ」を連用形にしたのが「みやび」です。

ということは、「みやび」とは都会風であるということですから、おしゃれということになるでしょうか。

では、具体的には、どういうことが「みやび」なのでしょうか。それは、衣食住にとどまるものではないのです。たとえば、ものの考え方も含まれます。美しい人を見たら、すぐに和歌に思いを込めて、交際を申し込むことにする。それも、「みやび」の一つです。

やまと

今日、「クニ」といえば、国家を思い起こす人も多いと思います。しかし、もともとは小地域を表す言葉でした。たとえば、日本人どうしが「あなたのおクニはどこですか。」と聞けば、故郷の土地である県や市町村で答えると思います。つまり、国家といっても、クニの連合体なのです。

「やまと」はもともと、奈良県天理市の小地域の地名でした。この地を根拠地としていた勢力が、現在の奈良県全体を支配するようになり、さらにはクニとクニを束ねる国家を作ったので、「やまと」は日本国の国号の一つになったのです。つまり、小地域名から国号になっていった地名と考えればよいでしょう。ですから、「やまと」は天皇の支配領域の拡大とともに広くなっていった地名なのです。したがって、「やまと」とは天皇の支配する地域を讃える言葉といってよいでしょう。

では、「やまと」という言葉の語源についてはどう考えたらよいのでしょうか。おそらく、山のあるところとか、山と山との間とかいう意味から地名になったのだと思います。

もみち

万葉集では、紅葉するという意味の動詞「もみつ」という言葉があります。したがって、正確には「もみち」と清音でいわなくてはなりません。万葉集を習い出すと、最初に先生から注意を受けるところですね。

「もみち」は、春の花と対比されるので、古い時代に、

春＝花

秋＝もみち

という対比があったことになります。この二つを並べて「花もみち」というと、四季の美しさをすべて述べることになります。これは、老若といえば老いたる人も若き人もすべて、男女といえば男も女もすべてというのと同じです。

柿本人麻呂の歌などを見ると、花ももみちも神意の表れととらえているようです。

ところが、夏と冬との対比の言葉は、ほとんどありません。春秋をもって四季を代表させるからです。そして、花ともみちは、四季の美の代表ということになります。

万葉集では、「もみち」を「黄葉」と書くことがあります。「もみち」を紅色で代表させるか、黄色で代表させるかということでいえば、少なくとも八世紀の人は黄色で代表させていました。今とは逆ですね。

秋萩《あきはぎ》の　下葉もみちぬ
あらたまの　月の経《へ》ぬれば
風を疾《いた》みかも

（二二〇五）

秋萩《あきはぎ》の　下葉が色づいた……
それはあらたまの月が改って
風が早いから――

鹿《しか》

鹿の鳴き声は、奈良の秋の風物詩です。いわゆる鹿鳴《ろくめい》で、歌人の会津八一《あいづやいち》の奈良を歌った歌集は、『鹿鳴集』といいます。

大型獣のことを「しし」といいますが、日本列島には、二つの「しし」がいます。一つが「いのしし（猪）」、もう一つが「かのしし（鹿）」です。

万葉集に登場する鹿は、主としてその鳴き声で登場します。はるかに聞く鹿鳴です。その姿や肉などが歌われることは、ほとんどありません。

もう一つ、重要なことがあります。秋の風物詩として、萩とセットで詠まれるということです。こういう取り合わせというものは、一種の不文律なのでなぜかということはわかりません。万葉集では鹿といえば萩です。ところが、平安時代になると、花札でおなじみの鹿と紅葉がセットになります。セットにも流行があるわけです。

鶴《たづ》

俳句の『歳時記』や『季寄せ』をながめると、その多くは、

日常生活では使われなくなった言葉

かつては使っていたが今では使われなくなってしまった言葉

です。もちろん、俳句は生活の文芸ですが、こういう言葉をあえて使うことによって、死語を蘇《よみがえ》らせる文芸という側面もあります。

じつは、千三百年前も、同じなのです。日常生活では「つる」と呼んでいたようですが、歌の中に表現する時には「たづ」という言葉を使用しています。ですから「たづ」は、歌言葉「歌語」の代表だといわれます。

「たづ」も、鹿と同じように、姿より声で歌に登場します。そして、その声を聞くと多くの場合、恋人のことを思い出したようです。

情感というものは、何らかの事物と連動してゆくという性質があります。汽笛、軍艦マーチ、蛍の光のことを思い出してみてください。

鏡《かがみ》

「かがみ」の語源は影を見るものなので、「影見」と考えてよいと思われます。影は、実《み》（身）を映したものでそれを見るのが鏡ということになります。

古代の鏡は、白銅、青銅の表面に銀を塗ったものでした。このような金属製の鏡は、毎日磨かなくては、曇ってしまいます。

よく磨かれた鏡のことを、「ますみかがみ（真澄鏡）」といいました。「まそかがみ」という言い方は、この「ますみかがみ」からきた言葉です。

もう一つ、鏡を考えるうえで大切なことがあります。それは、古代の鏡が神祭りに欠くことのできないものであり、宝物でもあったということです。古墳から大量に鏡が発見されるのは、鏡が祭祀に利用されたものであること、しかも宝物であったためなのです。そこから、鏡そのものが、神社のご神体になっていくのです。

このように、鏡を珍重するのは、日本だけのようで『魏志』の倭人伝を見ると、当時の日本人が好んで鏡を求めていたことがわかります。

ぬさ

今日、「ぬさ」といえば、神社にお参りに行って、お参りの前にけがれを払ってくれる紙で作った御幣《ごへい》のことです。

しかし、古代においては、神への捧げものを「ぬさ」といいました。したがって、今日の御幣も神への捧げものだった可能性があります。古代においては、神によって罪やけがれを神から払ってもらうためには、捧げものが必要とされました。ですから、本来「ぬさ」は捧げるか、置くものなのです。置くというのは、神前に置くということです。

神に祈るために、清浄にするのですが、その清浄にすることも儀礼になります。それが「みそぎ」と「はらえ」です。水で清めるのか、御幣で払うのかということになります。

これは、仏教でも同じで、古い仏教行事では、「みそぎ」「はらえ」が行われます。すると、「みそぎはらえ」が修行になるわけです。滝行などが、それにあたります。手段と目的が時に入れ替わるのですね。

ころもで

衣の袖のことを、「ころもで」といいます。袖は手の出るところですが、古代人は袖を使って心情を表していました。

袖を振る――親愛の情を示す
袖を折る――恋人の夢を見るまじない
袖をちぎる――「かたみ」とする

などが挙げられます。今日、私たちは着物を着る機会がめっきり少なくなってしまいましたが、「ない袖は振れない」「袖にする」「袖振りあうも他生の縁」「袖の下」などと、袖に関わる慣用句はたくさんあります。

もう一つ、袖に関しては重要なことがあります。それは、孤独な心情を「袖を濡らす」と表現することです。涙や雨のみならず、露や霧で濡れると歌うのは、一つの心情の表現です。着物を着たことがある人ならすぐにわかると思いますが、寒い時は袖から体が冷えてゆくので、まっ先に寒さを感じるところなのです。

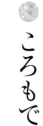

忘《わす》れ貝《がい》、忘《わす》れ草《ぐさ》

恋のうれいを忘れさせる貝が忘れ貝、恋のうれいを忘れさせる草が忘れ草です。もちろん、特定の貝や特定の植物をあてはめることは可能ですが、そう考えるよりも、思いを伝えるための小道具と考えたほうがわかりやすいでしょう。

たとえば、忘れ草を身につけないと苦しくて苦しくてたまらないほど、私は好きだ。忘れ貝を拾ったけれど、この苦しさは消えるものではないというように歌うのです。

対して、忘れな草といったら、今度は忘れないようにする草ということになります。こちらは、永遠に記憶にとどめておくために身につけるのです。

基本的に和歌世界における恋とは苦しみであって、一つのうれいなのです。だから、忘れたいと歌いつつ、自らの思いの深さを述べるのです。

忘《わす》れ草《ぐさ》　我《わ》が紐《ひも》に付く　香具山《かぐやま》の　古《ふ》りにし里を　忘れむがため

（三三四）

忘れ草を　我が下紐《したひも》に付ける……　香具山《かぐやま》の古き京《みやこ》を　忘れんがために――

あしび

「あしび」は、ツツジ科の常緑低木です。二月末から五月中旬まで、スズラン状の白い小花が群がって咲く、可憐な花です。花の咲く期間の長い「あしび」は、奈良の春の名物ともなり、人びとの目を楽しませてくれます。「馬酔木」と書くのは、牛や馬が葉を食べてしまうと、中毒を起こして、酒に酔ったようになってしまうからです。

一つ一つの花は五ミリもなくて、派手さはないのですが、群がって咲くので、盛りには壁のように見えます。したがって、「栄ゆ（栄える）」という言葉を引き出す枕詞に「あしびなす」があります。

また、「あしび」という名称のなかに、悪いことを意味する「あし（悪し）」が入っているところから、掛詞風に「あしびの花のあしからぬ」という表現もあります。「あしびの花のように、すなわち悪いとは思いません」というのです。悪いと思いませんというのは、良く思うということですから、あなたのことが好きですということになります。

「栄える」という言葉を引き出すかと思えば、「悪し」という言葉を引き出す、言葉というものは、ほんとうに融通無碍なものです。しかし、私は、融通無碍でいいと思っています。融通無碍というと、なんだか正確でないというイメージがありますが、自由に結びつくということです。自由に結びつくから、新しいものを表現できるのです。言葉というものの面白さがここにあると思います。

春山の　あしびの花の
悪《あ》しからぬ　君にはしゑや
寄《よ》そるともよし

（一九二六）

春山の　あしびの花ではないけれど
悪《あ》しからぬ　あなた
それならままよ……スキャンダルになっても

たく（髪を）

「たく」とは髪をすき上げて、束ねることをいいます。単に梳《くしけず》ったり、掻《か》きあげることではありません。女性がこの「たく」をするのは、一人前の女性になった時です。古代においては、

幼年期↓垂し髪
少女期↓ふり分け髪
成人期↓結い上げ髪

と決まっていました。「たく」という言葉は、結い上げ髪にすることをいうのです。この髪になると女性は結婚のできる年齢に達したことになります。

するとこう考えなくてはなりません。結い上げ髪にするためには、髪を伸ばす必要があります。では、すでに、ふり分け髪の時に、いいなづけが決まっている場合はどうなのでしょうか。髪を伸ばしはじめて、結い上げた日に結婚するということになります。おそらく、男の人は、女の人の髪が伸びるのを心待ちにしていたことでしょう。

髪《かみ》

髪を古典で考える場合、次の三つのことを考えねばなりません。一つは、髪型です。髪型が身分や立場を表していることもあるからです。もう一つ大切なのは、年齢です。黒髪から白髪へという時の流れを表すからです。そして、三つ目は乱れです。寝起き髪が乱れているということはあたりまえのことですが、眠れないか男女が共寝をしたということを表します。

髪型については、すでに触れたので詳しくは述べませんが、ことに女性の髪型が問題となるのは、髪型で結婚可能年齢かどうか。既婚か、未婚かがわかるからです。

白髪は老年の象徴ですが、人を待つ時間を表すこともあります。女が男を待つ、その時間の長さを、黒髪が白髪になってしまうまでと歌った表現もあります。

寝ぐせのついた髪は、うっとうしいものですが、恋人と共寝をした翌朝の乱れ髪となると官能的なものとなります。

◉髪

うまい

「うまい」といえば、安眠のことです。「うまし」の「うま」と同じで、よき状態、満足ゆく状態をいう言葉です。「い」はこの場合、寝るということだから、よい眠りということを表す言葉だと考えればよいでしょう。

では、なぜ歌のなかで、安眠が出てくるかといえば、恋をしている人は、夜は寝られないものだからです。こんなことをいうとすぐに次のように反論されるかもしれません。恋をしている人でも、熟睡している人もいるだろうと。たしかに、そうかもしれませんが、恋とは満たされない状態です。万葉集に出てくる恋歌は、安眠できるような恋ではなく、その苦しみによって、命さえも奪われかねない状態を歌うものなのです。

と同時に、人間というものは感情の動物ですので、不安があると、食べることと寝ることに大きな影響が出ます。古代において恋が一つの病と考えられていたのは、このためなのです。

やはり、人は感情の動物なのですね。心技体は一つなのです。

枕《まくら》

枕も寝具の一つですが、なぜか歌に詠まれる時は、寝つかれない時です。いるべき妻が、いるべき夫が、離別、死別によっていない。そういう空《むな》しい気持ちを、枕を通して歌うのです。手枕《たまくら》も、手枕をしてくれる相手がいないと歌います。その手枕は、男性が女性の手を借りるよりも、女性が男性に手を貸すと歌うものが多いのです。歌のなかで、女性の腕の官能美が歌われた例も多くあります。

一方、石枕《いしまくら》といえば、旅先での死を暗示するものとなります。石を枕にするということは、山野や路上でこときれるということです。行き倒れの死者に、やさしい言葉をかけることは、死者の魂を慰めることであると考えられていたために、石枕にある人を歌うことがあったのです。

また、旅先にいる夫の安全を祈るために、妻が安全の祈念をするのが、「枕辺《まくらべ》」でありました。おそらく、ふだん夫と寝ていて、枕を置くところに供え物をして旅の安全を祈ったのでしょう。

くま

「くま」とは、見えないところをいう言葉です。道がくぼんだり、曲がったりすると、見通せなくなります。すると見えないところができます。それが「くま」です。

人が山越えするために山道を歩くと、さっきまで見えていたところが、見えなくなります。ということは、道が曲がるたびに、たくさんの「くま」ができることになります。見えないことは人を不安にさせます。古代の人びとは、「くま」に触れるたびに不安になって、祈りを捧げました。古代の旅というものは、その土地土地を通過してゆくごとに、その土地土地の神に許しを乞うことを繰り返すものでした。だから、たくさん「くま」があっても一つも落とさずに振り返ったとか、捧げものをして祈ったとか歌うのです。

現代に生きる私たちは、こんなことを聞いてもピンときませんが、「くま」という言葉を使うこともあります。次のような例です。

「手帳をなくしてしまったので、茫然自失となってしまった私は、とにかく家のすみずみまで、くまなく探した。しかし、まだ手帳は見つからない。困った。」

第七章

「ことば比べ」で微妙な違いを楽しむ

雪《ゆき》、沫雪《あわゆき》／露《つゆ》、白露《しらつゆ》／霜《しも》

万葉集の雪の歌を見渡すと、はしゃいだ歌と、妙にロマンチックな気分になった歌とが多いことに気づきます。なぜ、そうなるのでしょうか。おそらく、北陸、東北の豪雪地帯を除いて、雪が降ることが稀であったからだといわれています。豪雪地帯の人は、雪が降ったとしても、大喜びしたり、しんみりとしたりはしないでしょう。万葉集は、東歌《あずまうた》などの例外を除き、近畿の文学なのです。

沫雪《あわゆき》の「あわ」を淡い雪と勘違いしている人が多いのですが、そうではありません。水の沫のように、はかなく消えてゆく雪のことをいう言葉です。

露と霜も、昼になると消えてゆくものなので、はかないもののたとえとして用いられます。人の命を、露霜のごときものとして認識すると、それは無常のものということになります。

現代では使われなくなった言葉ですが、露がものの表面につくことを、「露を置く」といいました。また、本来、露に色はないはずですが、「白露《しらつゆ》」という表現もありました。

露は、透明なのでさまざまな色に見えるはずですが、露そのものの透明感を意識する時に使われるのでしょう。もちろん、「白露《はくろ》」という漢語は、中国の文献にあり、それらの文献を学んで「しらつゆ」という言葉で表現したのです。

霜は置くということもありますが、降るが一般的です。たしかに、雪のイメージがありますから、霜は降ると表現したいのでしょう。つまり、霜は天から降るもの、露はその場でできるものだと思われていた可能性があります。

秋の朝、ふと目が覚めて庭に出ると無数の露があったとします。その露が、もしダイヤモンドであれば、一朝にして大金持ちになれるはずです。しかし、それはダイヤモンドではありません。でも、私ははかなく消える露のほうが、ダイヤより美しいと思います。違うのは、ダイヤがお金になることだけです。お金になるという意識は美しいとはいえません。

沫雪にしても、白露にしても、日常生活で使うことは、今も昔も稀ですから、歌の中でもっぱら使われる「歌語」といえるでしょう。

雲《くも》／霞《かすみ》／霧《きり》

雲も霞も霧も、同じ水蒸気です。しかし、今日においても、私たちは、それを区別して使っています。

雲は、天空を移動するもので、霞と霧は、大地をただようものです。

万葉集には、春の霧も出てきますので、春の霞に、秋の霧というように分けることはできません。ただし、霞についていえば、春が圧倒的に多いのも事実です。

雲といえば、その大きさと移動の距離の大きさが強調されます。霞の場合はたなびく景色となることが強調されます。霧は人の息にたとえられることが多いようです。おそらく、それは寒い時に、白い息となるからでしょう。

もう一つ、これらの言葉を使う時に、注意しておきたいことがあります。「たなびく」とか「立つ」「立ち渡る」「いさよふ」など、出現や状態をどう表しているのか、注意しなくてはなりません。

現代の使い方なら、こういう言葉遊びを楽しみたいです。

「黒い霧が、政界に立ち込めている時に、スキャンダルをかかえた代議士は、雲隠れをしてしまった。代議士も霞を喰って生きているわけではないから、やはり金の問題はつきまとってしまう。」

君が行く　海辺《うみへ》の宿《やど》に　霧《きり》立たば　（三五八〇）
我《あ》が立ち嘆く　息《いき》と知りませ

あなたが行く　海辺《うみべ》の宿に　もし霧が立ったなら
それはわたしが立ち嘆いている息だと知って
（お願いだから）

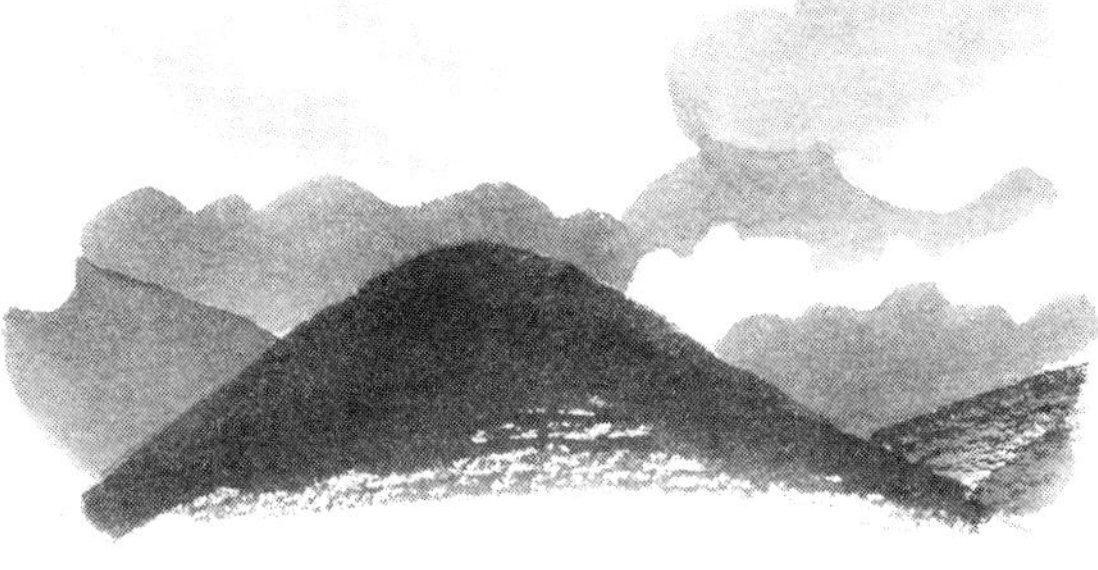

天《あま》つ水《みず》（雨）／村雨《むらさめ》

「あまつみず」の「あま」は、天のことです。「つ」は、助詞「の」と同じです。ですから、天つ水とは、天の水ということになります。

もちろん、古代にも雨という言葉はあります。雨という言葉があるにもかかわらず「あまつみず」という言葉を使うのは、雨を天上世界からやってくる尊い水であると表現したいからです。たとえば、旱魃《かんばつ》の時では、雨を天の神が特別に与えてくれた水と表現します。

おそらく、天の神への敬意が込められていると思います。よく恵みの雨といいますが、誰からのお恵みかといえば、やはり神様からでしょう。

「むらさめ」は難しい言葉です。「むらさめ」の「むら」を「むら」のある雨とみれば、二つ意味が生まれます。

一つは、まとまって降る雨です。ところが、ひとしきり降ってしまうとやむわけですから、もう一つの意味として、降ったりやんだりする雨も「むらさめ」といえば、「むらさめ」です。

雷《かみなり》／鳴神《なるかみ》

（いかづち）

自然現象というものを、一つの神意の表れとする思想は、古代から現在に至るまで脈々と引き継がれています。

では、自然現象のなかで、いちばん恐れられたのは、いったいなんでしょうか。それは、「かみなり」です。「かみなり」の「なり」は「鳴る」です。神が鳴るのでしょう。一方、古典には、「なるかみ」という言葉があります。こちらは、数ある神のなかでも、鳴る神もいるということです。

では、「いかづち」とは、いったい何でしょうか。古典には「いかし」という形容詞があります。現代の言葉では「いかつい」にあたります。大きいとか、硬いとか、恐いことは「いかつい」ことですし「いかしきこと」です。「いかづち」の「つ」は助詞「の」と同じです。「ち」は霊を表す言葉ですから、「いかつい霊」ということになります。ですから、「いかづち」の語源は、大きな力を持っている霊という意味となります。では、何が大きな霊の力になるのかというと、「かみなり」となるわけです。

あかとき／ありあけ

「あかとき」とは、明るい時ということです。「あか」は、「あかし」で現代の言葉では、明るいです。では、どんな時かといえば、夜が明ける時です。つまり、日の出の時ということになります。平安時代になると「あかつき」に変化し、現在に至っています。

「あかとき」となると鳥が鳴き出します。また、恋人たちにとっては、お別れの時間となります。一夜を女の家で過ごしても、男は空が明るくなる前に女の家を出るきまりがあったからです。

自然から時を知る方法というものは、いろいろありますが、いちばんわかりやすいのは、日の入りと日の出です。今日のように自由に照明が使えるわけではありませんから、きわめて、その時刻に敏感であったはずです。

まさしく夜が明ける「あかとき」に月が残っている場合、「ありあけ」といいます。一つの解釈としては、「月があるのに夜が明ける」ということになるでしょう。太陽と月は並び立たないものですが、日が落ちる前にも月も出ますし、日の出のあとに月が残ることもあります。もちろん、日月並び立つ時はほんの少しです。「ありあけの月」という言い方は、日の出後も残っている月を、夜の月と区別する時にいうのです。

では、いつごろ「ありあけの月」になるのでしょうか。陰暦すなわち旧暦で、月の後半の十日間です。ですから、二十日以降ということになります。すると「長月《ながつき》のありあけの月」と出てくれば、およそ九月の月末ということになりますね。当然、夏の「ありあけ」は早く、冬の「ありあけ」は遅くなります。しかし、月を見て生活をしていた人びとは、知識でなく感覚として「ありあけ」を知っていたのだと思います。

我《わ》が背子《せこ》を　大和《やまと》へ遣《や》ると　さ夜《よ》ふけて　暁露《あかときつゆ》に　我《あ》が立ち濡《ぬ》れし　（一〇五）

わが背子を　大和《やまと》にかえそうとして　夜も更けた……　だから暁《あかつき》の露に　わたしは立ち濡《ぬ》れた

今夜《こよひ》の　有明《ありあけ》の月夜《つくよ》　ありつつも　君をおきては　待つ人もなし　（二六七二）

今夜の　有明月《ありあけつき》ではないけれど　ありつつも――このままずっとずっと　君よりほかに　待つ人もなし

星《ほし》／明星《あかほし》／夕星《ゆふつづ》

日本文学では、星の文学が少ないと一般にいわれています。たしかに、日本文学の星は、そのほとんどが中国に起源をもつ七夕に関わるものですから、西洋の星の神話、星の文学に比べると少ないと思われます。

万葉集で「明星」は、「あかほし」と読みます。「あかほし」は、赤い星というよりは、明るい星と考えたほうがよいと思います。星のなかでも、とりわけ明るい星ということになります。

また、万葉集には、「ゆふつづ」という言葉があります。一般的には、宵の明星すなわち金星といわれています。ただし、「つづ」が何かは、いまだによくわかっていません。一つの可能性としては、万葉集の時代にすでに使われなくなっていた星の古語かと思われますが、よくわかりません。万葉集の言葉は、たしかに古い言葉ですが、万葉集の時代に、すでに死語になっていたり、使われなくなっていた言葉もたくさんあったのです。

梅《うめ》／桜《さくら》

桃の花も馬酔木《あしび》の花もありますが、やはり春を代表する花は梅と桜でしょう。しかし、梅と桜とどちらが、春を代表するかといえば、桜です。江戸時代以降、桜をもって、春を代表する花であるという考え方が広まったのは、「桜の花見」が一般化したからです。世界中を捜してみても、花をめぐってあれほど大規模な屋外でのパーティーをする国はありません。

しかし、万葉集の歌の数だけを見ると、梅の一一九首に対して、桜は四一首と少ないのです。このことから、万葉集において花といえば梅であり、『古今集』以降に桜となったという説があります。たしかに、歌の数からゆくと、そういう考え方も成り立つと思います。『古今集』から、桜の歌のほうが優勢になるからです。

もう一つ、桜といえば散る美学ですが、散る桜の美を歌った歌は万葉集に既にありますから、それは古い美学ということになりますね。

萩《はぎ》／すすき

萩は、万葉集に一四一首も詠まれた植物で、第二位である梅の一一九首よりも多いのです。つまり、万葉集でいちばんたくさん詠まれた植物ということになります。梅は外来植物で、天平時代にもてはやされたもので数も多いのです。

対して、萩が多い理由は、二つ考えられます。一つは、自分の家の庭先に、萩を植えるのが当時流行していたこと。もう一つは、花だけでなく、その「もみち」も歌われるためだと思われます。

「すすき」は、五例と例は少ないものの、秋を代表する花の一つです。萩と比べ称せられている歌もありますから、すすきのある風景は、秋らしい景色と思われていたのです。

秋になるとこんな風流なことも行われました。庭のあずまやの屋根に、すすきを葺《ふ》くのです。しかも、軒先に穂先がぶらりと垂れ下がるように。すすきの屋根で、秋の季節感を出そうというわけです。これは、宴の趣向で、宴の演出の一つといえるでしょう。

宴をいかに楽しいものにするか。それは、古今東西変わらぬ課題です。高価なお酒、ご馳走、美女など、いろいろな趣向で宴をもりあげるのですが、日本の場合、大切なことがあります。それは、季節感を盛り込むということです。

我《わ》が門《かど》に　守《も》る田を見れば
佐保《さほ》の内《うち》の　秋萩《あきはぎ》すすき
思《おも》ほゆるかも
（二二二一）

わが家の前の　見はりをしている田を見ると
佐保《さほ》のあたりの　秋萩《あきはぎ》やすすきのことが……
思われる——

紐《ひも》／緒《を》

「を」とは長い形状のものをいいます。だから、同じものを「を」とも「ひも」ともいうことができます。しかし、「を」と「ひも」が異なる点もあります。紐の場合は、結ぶことを前提としたものだからです。

では、万葉集に出てくる紐とは、どんな紐なのでしょうか。一部の例外を除いて、服の紐です。しかも、結ぶこと、解《ほど》くことに力点が置かれています。それには理由があって、男女が共寝をする場合、互いの下着の紐を解きあうという習慣があったからです。そうして、朝になって別れる時は、互いの下着の紐を結びあいました。

だから、その結び目が解けないように男女は注意していたようです。

ところが、注意をしていても、自然に解けてしまうことがあります。そういった時には、逆にこれは、恋人が自分を思って早く逢いたいからそうなったのだと考えました。そういう俗信があったのです。

万葉集では「紐《ひも》の緒《を》」という言い方をします。紐というものは結ぶことを前提としています。緒は紐のもとになっている糸のことをいいます。

古代の人びとは、魂と肉体とをつなぐ「を」があると考えていました。これが、「玉の緒」です。「玉の緒」はどんなものにかかるかといえば、

絶えてしまえば死ぬということで「絶ゆ」

つながなくてはならぬので「継ぐ」

絶えると惜しいことなので「惜し」

乱れると困るので「乱る」

にかかります。つまり、「を」というものは、命そのものを左右するものだと考えられていました。

赤ん坊は、母親の肉体の一部から生まれてくるわけですが、最後は「へそのを」一つで結ばれているわけです。しかし、その「へそのを」が切れることで、親と子の縁ができるといえるでしょう。

玉《たま》／魂《たま》

「たま」は、球体を表す言葉です。しかし、古代では、ドーナツ型のものや、勾玉《まがたま》のようなものも「たま」と呼ばれていました。

現代の言葉では、「たましい」と呼ばれている霊魂ですが、これも「たま」です。おそらく、古代の人びとは、霊魂は球体であるとイメージしていたのでしょう。そうすると、球体は、人間の霊魂の象徴ということになります。古墳などから多くの玉製品が出土するのは、それが魂の象徴であり、祭りごとに使用されていたからにほかなりません。

人の霊魂は肉体の中にあるものですが、肉体の中から抜け出してしまうこともありました。すると体の中から、霊魂が消えるのです。これが「たま消える」という状態です。現代語「たまげる」の語源にあたります。

また、霊魂が肉体の外に出た状態のことを「あくがる」といいました。これが、「あこがれ」の語源です。あこがれの人を思うことは、その人のもとに霊魂が抜け出していくことだと考えられていたのです。

よごと／まがごと

◉よごと／まがごと

「よごと」とは、よいことをいいます。「まがごと」とは、悪いことをいいます。ですから、「まがごと」といえば、災害と考えてよいでしょう。

『古事記』『日本書紀』のなかに、一言主大神《ひとことぬし》という神様が出てきます。この神様は、託宣の神様なのですが、「よごと」も「まがごと」も一言で決める神様だということになっています。

私は、たった一言しか発しないというところに、託宣の神の力の大きさというものを感じずにはいられません。言葉というものは、過不足なく使うのがよいのですが、一言でも過不足がないなら、一言でもよいはずなのです。寡黙な人は、多くの場合、発する言葉をよく考えてから発する人です。ですから、「沈黙は金」などというように、多弁の人の一言より、寡黙の人の一言のほうが重いのです。

かはづ／ひぐらし

「かはづ」は、「かえる」のことです。万葉集の時代も「かへる」の語を使っていましたが、一方「かはづ」という語も使用されていました。おそらくは、「かはづ」は歌で使用するいわゆる歌語であったと思われます。

「ひぐらし」は、初秋のはじめに鳴くセミの一種で、昼過ぎから夕方にかけて鳴くので「日暮し」との名前がつけられたのだと思います。

注意しなくてはならないのは、「かはづ」も「ひぐらし」もその音《ね》が歌われることがあっても姿が歌われないことです。鹿の場合も、やはり鳴き声が歌われます。古典の和歌というものは、一つの定型の美なので、カタのようなものをよく守ります。対して、近代の短歌は、自由に個人の思いを表現するものです。

かはづ、ひぐらし、鹿でもよいのですが、動物や虫の音が歌われる時は、せつない恋心を表現する時です。おそらく、生殖にかかわって動物が鳴くということを、万葉びとは知っていたのでしょう。

うぐひす／ほととぎす

「梅にうぐいす」といえば、これ以外にはない絶妙の取り合わせをいう言葉です。歌における セット、定番といってよいでしょう。この取り合わせは、すでに万葉集にあって、現在まで続いているのです。

ところが、梅のころのうぐいすは、まだうまく「ほーほけきょ」とは鳴けません。また、鳴くことも少ないと思います。私の住んでいる奈良県では、むしろ、五月から六月にさかんにその声を聞きもし、姿を見ます。

おそらく、取り合わせというものは、なんでも初物がよく、うぐいすの初鳴きのころが梅なのだと思っていればよいでしょう。

夜も鳴くほととぎすは、憂いを含んだ歌にも多く詠まれています。また、立夏という夏のはじまりのころから鳴くので、夏の到来を歌う歌にも多く登場します。ところが、立夏には、うぐいすも鳴いていますから、ほんとうは青葉とうぐいすの取り合わせがあっても、おかしくはないはずです。

ひとごと／ひとめ

ひとごと／ひとめ

現代の言葉で、

ひとごとのようにこの問題を語るのはやめてくれ。ひとごとじゃなくて、われわれの大切な問題だ。

ということがありますね。つまり、「他人事」ということです。この「ひとごと」と、古典の言葉の「ひとごと」は、まったく違います。

古典の「ひとごと」は、世間のうわさのことです。じつは、古代社会においては、うわさというものについて現在よりも敏感でした。というのは、恋愛において大きな障害になったからです。

そういうことでいえば、現代社会と変わりがありませんが、現代においては、個人の恋愛感情が、親や友人の意見よりも尊重される傾向が強いので、うわさによって、つきあうことをやめてしまうということはあまりなくなったような気がします。しかし、ひと昔前までは、親が強力に反対したことで、破局を迎えたカップルも多かったのです。

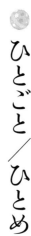

「ひとごと」に対して、「ひとめ」という言葉もあります。こちらは、古典の言葉も、現代の言葉も同じです。つまり、世間の目、他人の眼ということになります。

歌というものは、時代とともにあるものです。だから、一定の傾向というものがあるのです。たとえば、現代の演歌は、酒と悲恋の歌です。船が出てくれば漁船で、演歌にヨットは出てきません。そこに、演歌という歌の性質が表れています。

じつは、万葉集に出てくる「ひとめ」は、「ひとごと」と同じく、恋愛の大きな障害物として歌われます。おもしろいのは、「ひとめ」が痛いと表現することです。つまり、視線が時として、人の痛みとなるのです。

とある国で、徹底的に破壊された仏像や仏画を見たことがあります。宗教的理由から破壊された仏像、仏画はまず目から破壊されるといいます。つまり、目には力があるのです。時には人の心を温かくし、時には人の心を傷つける視線。視線とは不思議なものです。

たわやめ／ますらを

「たわやめ」の「たわや」とは、なよなよとしたもの、柔らかいものをいいます。「め」は女性のことです。つまり、なよなよとした女性ということです。しかし、この場合のなよなよとしたというのは、一つの褒め言葉となっていることに注意しなくてはなりません。「たわやめ」と対《つい》になるのが、「ますらを」です。「ますらを」に求められるのは、もちろん、強さです。つまり、男性には強さ、硬さが求められるのに対して、女性にはしなやかさ、柔らかさが求められていたのです。

現代の文化の一つの特徴として、性急な改革を求めるという点があります。しかし、性急な改革は大きな歪《ひずみ》を生み出します。文化についていえば、寛容や自由は必要でしょうが、早さを求めて改革が失敗することを私は恐れています。

では、どういう人が「ますらを」なのでしょうか。

勇ましく、質実剛健の武人
役人として立派な働きをする人

風流を解する人

のような意味があります。もちろん、その原義は勇ましい人というところにあります。尊敬に値する立派な男性をいう言葉です。

ところが、その「ますらを」の登場する歌は、そのほとんどが「ますらを」であるにもかかわらず、「ますらを」に値しない男たちばかりなのです。ではなぜ、そうなっているかといえば、恋をした「ますらを」は、ダメな「ますらを」になってしまうからです。

勇ましいはずの人が、めそめそしている

立派な役人なのに仕事に身が入らない

風流を解する人なのに不粋になる

すべては恋のなせるわざなのです。

ますらをや　片恋《かたこひ》せむと　嘆けども　醜《しこ》のますらを　なほ恋ひにけり

（一一七）

ますらおであるわたしめ　そんなわたしが片恋をするのかと　嘆いてはみても　ダメなますらおの　俺さまはやっぱり恋慕ってしまう

妹《いも》／背《せ》

古典の「妹」は難しい言葉です。基本的には、男性が女性を呼ぶ時の言葉ですが、

A　妻や恋人

B　女性の年下の兄弟である現代語の「いもうと」

を呼ぶ場合があります。ただし、こういう区別があってややこしいと思うのは、現代人がAとBを別の言葉で呼びわけているからです。古代では呼びわける必要はなく、実際に母親が違えば妹とも結婚できました。

この「妹」に対する言葉が「背」です。「背」も「妹」と同様に、

A　夫や恋人

B　男性の年上の兄弟である現代語の「あに」

にあたる人をいいます。

したがって、「妹背」といった場合には、夫婦の場合と兄妹の場合があります。

奈良盆地の西に、かつて「ふたがみやま」と呼ばれた二上山《にじょうざん》という山があります。大き

なこぶと小さなこぶの二つがあって、大きいほうが「せやま」小さいほうが「いもやま」です。これで夫婦ということになります。

このように、「妹」といえば、妻か妹。「背」といえば、夫か兄、なのですが、歌の表現ということになると難しいのです。というのは、逢ってまもない女性を「妹」と呼ぶこともありますし、男が男に「背」と呼びかけることもあります。

逢ったばかりの女の人に「妹」と呼びかけるのは、親しみを込めているのでしょう。他人に親愛の情を込めて「おねえさん」と呼んでいるのと同じです。また、男同士で「背」と呼びあうのは、宴の席での表現で、友人だということなのでしょう。また、

我妹子＝多くは「ワギモコ」

我背子＝多くは「ワガセコ」

と呼ぶことが多いのです。だとすれば、「我《わ》が妻よ」とか、「我が夫よ」という呼びかけになります。

ただ、「ワギモコ」「ワガセコ」という呼びかけは、夫婦間ではしないはずです。おそらく、宴の席でそう呼びかけることで、おもしろみを出しているのだと思います。

をとこ、をのこ／をとめ、をみな

「をとこ」「をのこ」は、基本は成人男子をいう言葉ですが、子供から年寄りまで男性すべてを指します。「をとこ」「をのこ」に対応するのが、「をみな」「をみなご」です。ところが、「をとめ」は、未成年女子、未婚の女子をいいます。

「をみな」は、現代では使われなくなりましたが、「を（お）とこ」「を（お）のこ」「を（お）とめ」は現在でも使用されています。

ただし、微妙に古典における使い方とは、ずれています。「をのこ」という言い方は、一般的ではありません。「大和をのこ」のように、きわめて、古風な言い方となります。また、「をとめ」も、「おとめごころ」のように、可愛らしさを強調する時に用います。

こういう言い方の背後には、男は男らしく、女は女らしくというような考え方がありま す。もちろん、文化的性差を強調するのは問題ですが、こういう言い方には、一つのノスタルジアがあると思います。

第八章

教養として知っておきたい万葉ことば

たらちねの

「たらちね」のという言葉が、本来どういった言葉であるのか、まだよくわかっていません。一つの解釈としては、「たら」を垂れると解釈して、「ち」を乳と解釈する説です。すると垂れ下がった乳房ということになります。

よく、年を取って垂れた乳だと解釈する人がいますが、それは間違いです。現在とは違って、乳が房状になる人は古代では稀でした。栄養状態がよくないからです。したがって、「たらちね」を垂れた乳房と解釈する場合は、それほどまでに豊満であると考えねばなりません。

万葉集において、父親というものは、たいへん影の薄い存在です。対する母親は、娘たちに対して、絶対的な存在です。母親の許可がなくては、男女がつきあうこともできませんでした。

よく古代では母権制社会という人がいますが、私はそうは思いません。今日においても、家庭内における生活については、母親の力が強いのではないでしょうか。

いさめに

古典に出てくる言葉でもよく出てくる例と、あまり例がない言葉があります。例が少ない言葉は、研究者泣かせで、なかなかその意味を類推することが難しいのです。では、そういった場合、どうやって意味を類推するかというと、前後の文脈で意味を考えてゆきます。この時に、数がものをいうのです。多ければ多いほど、それに当てはまる例は探しやすいからです。

「いさなめに」は例が少なくて、じつに難しいのですが、現在では「かりそめに」とか「ほんの少しの間」というように考えるのがよいとされています。

言葉といっても、それはイメージの産物ですから、必ず対比的に用いられます。かりそめにという時は、永遠にということが対極にイメージされているわけです。はっきりとした大きく明るいものに対して、かすかで小さく暗いものが対比された場合、「いささめに」は、後者となります。

あらぶ

「あらぶ」とは、荒れた状態となっていることをいう言葉です。では、荒れたというのはどういう状態をいうのでしょうか。それは、人が求めている姿から大きくはずれた状態をいいます。

たとえば、庭について考えてみましょう。庭は自然の景色を映すものですが、人が作るものですので、自然とは違います。ですから、人が手入れをしないと「あらぶる」状態となってしまうのです。現代語でいうと荒れた状態になってしまうのです。ですから、「あらぶ」ということについて考える場合には、人がどういう状態を望んでいるのかを考えなくてはなりません。

この「あらぶ」の反対が「にきぶ」です。こちらは、人が望んでいる状態をいいますから、なれしたしむことができる状態をいう言葉です。

すだく

「すだく」という言葉は、特定のものが群がってゆくさまを示す言葉です。いちばん多い例は、鳥ですから、鳥のような群がり方をするものに対して、「すだく」というのでしょう。

動物は、エサのあるところに群がるものですが、群がっていると目立ちます。目立つと、ほかの動物、とりわけ人間に狙われてしまいます。ですから、いつでも逃げられるようにしておくものです。そして、外敵がやってくれば、多方向に散ってゆきます。これは、リスクを分散して、少しでも自分たちの種を後世に残そうとするからです。

とすれば、「すだく」という言葉は本来、バラバラに存在しているものが、なんらかの理由で、集まってゆく状況や状態をいう言葉なのでしょう。群れをなして生きる動物というものは、時に秩序正しく、時にバラバラに変幻自在に、その群れの姿を変えます。だから、見ていてもおもしろいのでしょう。

ひさかたの

「ひさかたの」は、天や雨、月、都などにかかる枕詞です。なぜ、「ひさかたの」が天などにかかるのか、よくわかりません。

こんな質問を受けることがあります。

「先生、枕詞、枕詞といいますけど、そのほとんどはなぜ、その言葉にかかるのかよくわからないじゃないですか。わからないのになぜ枕詞を使うんですか。」

答えるのが難しい質問です。私はこう答えることにしています。

「言葉というものは、意味を伝えるものだから、その意味をよく知って使わなくてはならない。けれども、それは伝統に基づくものであるから、伝統を守って使われる。伝統のなかには、本来の意味がわからなくなっているものも多いだろう。」

大切なのは、「ひさかたの」という言葉を聞いた人が、「あぁ、次は天」という言葉がくるだろうなと思うことです。つまり、同じ伝統のなかで生きているという実感を持つことが大切なのです。

私はこんなことをいいたいと思います。

「天の香具山といいますが、枕詞を冠するとひさかたの天の香具山です。この山を見ずして、万葉集を語ってはいけません。」

ひさかたの　月夜《つくよ》を清《きよ》み
梅の花　心開《ひら》けて
我《あ》が思《おも》へる君

（一六六一）

ひさかたの　月がとっても清らかで……
梅のように　心も開かれて
お慕いするあなたです――

たまほこの

枕詞「たまほこの」の「たま」は、この場合、霊魂のことです。「ほこ」は、矛ですから武器です。ただし、武器の「ほこ」の語源は、とびだして目立つものを表す言葉だといわれています。たとえば、金の鯱《しやちほこ》の「ほこ」が好例です。また、京都の祇園祭に出る「山ほこ」も、山のような「ほこ」という意味です。ですから「たまほこの」とは、霊の宿る目立つものということになると思います。

枕詞「たまほこの」は、「みち」（道）と「さと」（里）にかかります。「みち」や「さと」にかかる理由について、今日の研究で、いわれているのは、道から入ってくる悪霊を追い払う魔除《まよ》けのことを「たまほこ」といったからだといわれています。

では、どういうものが魔除けになるかというと、代表的なものは道祖神ですが、男性の性器をかたどった石が置かれているところも多いのです。男性器も「ほこ」の一つです。おそらく、勃起する力というものを表すことによって、悪霊を退散させようとしているのでしょう。

あらたまの

「あらたま」の「あら」は、新しいものを示す言葉です。玉の場合は、掘り出したままで、まだ磨いていない玉をいいます。

玉といっても職人の手によって、丁寧に丁寧に磨いてゆかないと玉にはなりません。したがって、原石が掘り出されても、玉になるには時間がかかるのです。そこで、「あらたまの」という枕詞は、年や月にかかることになります。

一方で、「あら」には、荒々しいという意味もあります。たとえば、「あらなみ（荒波）」のような例です。新しいという性質と荒々しいという性質にはあいかよう面があります。

新しく掘り出された原石は、ごつごつとしていて、いわば荒々しいものです。何かが生まれたり、出現する時というのは、磨かれたものにはない荒々しさがあり、その荒々しさが力となって生まれたり、出現したりするのだと思います。

うべ

「うべ」とは、その下に続く内容をもっともなことだと、納得して賛成する時に使う言葉です。だから、「なるほど」とか、「まったくそのとおりで」と訳すとうまくゆきます。

よく私は、知らず知らずのうちに、同じ話を同じ人に聞かせてしまいます。そういう話についてよく考えてみると次のようなパターンがあるようです。

大好きなことで何度も語りたい

この話をすれば相手が喜ぶと思っている

そして、もう一つあります。相手に同意してほしい話です。私はこう思うのですよといった時に、聞いた相手から、私も同じように思いましたよといわれたいのです。

人に話をするということは、話をすることによって一つの雰囲気を作りだそうとすることです。つまり、共感の話を広げたい人が話しだすわけです。そういう話をいちばん聞かせたい人、雰囲気を味わいたい人は、誰かというと、実は話す本人なのです。

かしこし

先日、テレビを見ていて、こんな難しい言い方をしても、誰もわからないのではないかと思ったことがありました。

かしこきあたりにおかせられましては、貴殿に恩賞を、たまわるとのこと

この場合の「かしこきあたり」とは、宮廷とか天皇という意味ですから、宮廷が恩賞を与えるであろうといっているのです。

現代語の「かしこい」は、主として利口だということですが、万葉集においては、恐れおおいということです。したがって、「かしこきあたり」とは、恐れおおいところということで、具体的には、宮廷や天皇を指すのです。

「かしこし」の古い使い方が「かしこまる」という言葉に残っています。「かしこまる」という動詞は、恐れおおいということを察知して、慎んだ態度を取るという言葉です。客から頼みごとをされて、「かしこまりました。」というのは、そのためです。

かそけし

「かそけし」とは、かすかなことをいいます。「音のかそけき」といえば、「音がかすかである」ということです。おそらく、「かすか」の古い言葉のかたちが「かそけ」だったと思われます。

微妙かつ繊細で、聞いたり、見たりするのが難しいものに対して「かそけし」という言葉を万葉びとたちは使っています。

さて、とある料理人が、私にこんなことを教えてくれました。

「上野先生、お吸物が出てきたら箸をいったん置いてください。そして、神経を集中させて、両手でお椀を手に持って、香りを楽しんでから、ゆっくりとおつゆを飲んでください。」

この人がいうには、お椀のおつゆとは、それほど微妙なもので、料理人の魂がそこにあるということでした。

つまり、「かそけき」ものを味わうためには、味わう側も努力する必要があるようです。

私が書家なら、かな文字についてこう語るでしょう。

「かな文字の美は、まるで音楽のようなものです。その繊細な味わいは、消えゆく音のあわれさに似ています。まるで、それは〝かそけき〟音のごときものです。」

我《わ》がやどの　いささ群竹《むらたけ》　吹く風の
音のかそけき　この夕《ゆふへ》かも
（四二九一）

わが家《や》の　ほんの少しの群竹《むらたけ》に　吹く風の
音がかすかにする……　この夕べ

さかし

「さかし」は賢明であることを表す古典の言葉です。今は、使われていません。しかし、「こざかしい」という言葉は、現在でも使われています。「こざかしい」は、ずる賢いことをいいます。「こ」を冠するだけで、逆に悪い意味になってしまいます。

利口だということには二つの意味があります。一つは、賢明であるということです。しかし、私たちは、利口という言葉を使う時は、少しマイナスの意味を込めて使います。これが二つめの意味です。それは、利にさとく、自分が得をするように動くということです。「利口者」とは、面とむかって、相手に使ってはいけない言葉です。

人間というものは、不思議な動物です。賢明だから、立派だから尊敬されるかというとそうではありません。時に、愚かで不器用な人のほうが愛されるから不思議です。利益で動く人は、尊敬されません。

くすし

今日、宗教というとキリスト教や仏教のような特定の宗教を思い浮かべます。しかし、もう一つの見方があります。それは、人智を超えた神や霊の存在を信じるかどうか、ということです。こちらは、教団ではなく、感性の問題といえるでしょう。

「くすし」という古典の言葉は、現代語に訳すと「不思議だ」くらいになりますが、神や霊にしか使わない言葉です。つまり、人智を超える力に対する恐れ、おののきを表現する言葉といえるでしょう。

とあるお堂を拝観した時のこと、夕日が床に反射して、その光が仏様の光背を照らしていました。仏像が金色の光のなかに見えたのです。私は、あっと声を上げて、仏像の光背に走り寄ったのですが、戻った時には、その光は消えていました。たぶん、一瞬だけだったのでしょう。もう一度、見たいと思っていろいろ角度を変えましたが、やがて日没となりました。一つの光を単なる不思議と見るのか、宗教的なものと見るのか、それは光の問題ではなくて、心の問題だと思います。

かぎろひ

じつは、この言葉は、たいそう難しい言葉なので取り上げたくはありません。しかし、有名な言葉ですから、取り上げないわけにはいかないのです。

現在でも、「陽炎《かげろう》」という言葉は、使われています。日光を受けて、大地が暖まり、上昇気流が発生して、その上昇気流がゆらめくために、ものの姿が、ゆらいだり、ゆがんだりする現象のことをいいます。

しかし、上昇気流が起こるのは、それだけではありません。たとえば、火を焚《た》いた場合、その火の熱そのもので上昇気流が発生します。すると、火から発せられた光がゆらめくのです。

どちらにしても、ゆらめく光やゆらいで見える景色ということに変わりはありません。奈良の若草山の山焼きは、一月の後半に行われるのですが、寒い時ほど火がゆらいで見えます。つまり、温度差が大きいほど上昇気流が起きやすいからです。

使えなくても、知っておきたい言葉ですね。

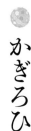

わたつみ

「わたつみ」とは、海の神をいう言葉ですが、海そのものを指すこともあります。「わた」については、よくわかっていません。「つ」は助詞「の」と同じ意味です。「み」は霊を指す言葉ですから、「わた」はやはり海を示す言葉だった可能性が高いと思われます。

さて、日本の古代世界は、世界を三つに分けました。一つは昼の世界、もう一つは夜の世界、そして海の世界です。

昼と夜は時間で分けられた世界であるのに対して、海というのは空間ですから、現代に生きる私たちからみるとずいぶんおかしな分類のように思えてしまいます。同じ場所でも、昼と夜とでは見えるものが違うから、別の世界にいるのと同じことなのでしょう。海に出るためには、船に乗らなくてはなりませんし、海上や海中で人は生きることができません。だから、別の世界と認識されていたのでしょう。その海の世界を支配していたのが「わたつみ」です。

ふりさけみる

「ふりさけみる」の「ふり」は動作を強調する接頭語です。すると、ふりあおぐという意味となります。つまり、視線を上げて遠くを見る動作を強調していることになります。

では、どんなものを「ふりさけみる」のでしょうか。

山をあおぎ見る

月をあおぎ見る

ということになりますが、

天の原をあおぎ見る

ということがあります。「天の原」は、すでに述べたように、天空のことで、天を野原に見立てた言い方です。したがって、「天の原ふりさけ見れば」という場合は、天空をふりあおいで見ると目に入ってきたものということになります。

「天をあおぐと」という言い方は、実際に見ることよりも、大きな感動や落胆があって、天の神の存在を思わずにはいられないということでしょう。

旅の印象を私ならこう語ります。
「船旅はよい。青海原を〝ふりさけ見る〟とはろはろと水平線が広がっているし、天の原を〝ふりさけ見る〟と星々と月が輝いている。」

天《あま》の原《はら》　振《ふ》り放《さ》け見れば
大君《おほきみ》の　御寿《みいのち》は長く
天足《あまた》らしたり
（一四七）

天空を　振り仰いで見ると……
大君《おおきみ》の　み命は長く長く
空に満ち溢れている――

しめ

現在、「しめ」という言葉を単独で使うことは、まずありません。しかし、次のような例はあります。

しめなわ（標縄）
しめうち　しめのそと

「しめ」とは、空間の境や領有を表すしるしのことです。「しめなわ」は、この先が神域であることを表します。「しめのうち」は、神域の内側を表す言葉です。対する「しめのそと」はその外側を表す言葉です。

たとえば、数日後にここで若葉を摘もうとした場合、摘みたい場所に「しめ」をしておくと、その内側のものを取ってはならないことになります。それが、「しめの（標野）」です。山なら「しめやま（標山）」です。

ところが、おもしろいことがあります。「しめ」は目印ですが、「しめ」は神がやってくる入口なのか、邪霊の侵入を防ぐところなのか、なかなか判断が難しいのです。

つ

三重県に津《つ》という市があります。もちろん、「つ」は地名ですが、その地名は船着き場を表す大和言葉です。したがって、大和言葉の「つ」は、港のことと考えればよいのです。「つ」は、かつてこの地域の重要な港でした。

さて、漢語で「つ」にあたるものは何かといえば「津《しん》」です。そのために「津」という漢字に、大和言葉の「つ」を対応させて読んでいるのです。北朝鮮に清津という津があり、中国に天津という都があることを思い出している読者も多いことでしょう。

こう考えてゆくと、滋賀県の大津の意味もよくわかります。大きな「つ」ですが、ここは、朝廷の津ということです。万葉集に出てくる「なにはづ」は、難波にある津ということになります。

日常生活のなかで使っている言葉に目を向けると、いろいろなことが見えてきます。この本は、言葉遣いの本なのですが、うまく遣うためには、まず言葉に興味を持つことが大切だと思います。

国見《くにみ》

「くに」という言葉は、小地域を示す言葉でしたが、広がって国家を示すようになってゆきました。その国のありようをつぶさに見ることは、地方の有力者、重臣、天皇の大切な仕事でした。

では、見るということはどういうことだったのでしょうか。すばらしいものを見れば、心もはずみます。また、すばらしいあこがれの人が見て褒めてくれれば見られた人の心もはずむでしょう。見るという行為には、このような役割が今もあります。古代においては、ものを見れば、そのものの魂の心がはずむと考えました。国原《くにはら》を褒めれば豊年万作、海原を褒めれば豊漁になると考えられていました。

一方、それは天皇の力を示す行事にもなりました。天皇は多くの重臣をひきつれて行幸をし、その土地を愛《め》で、民を慈《いつく》しみます。そのことによって、支配の力というものを示したのです。

見《み》れど飽《あ》かぬ

「みれどあかぬ」とは、「見ても見ても見飽きない」ということです。歌のなかで、「見たら見えた」と出てきた場合、それは一つの褒め言葉になります。つまり、見たいと思って見たわけですから、対象物を褒めることになるのです。次に、見たいものは何度も見ることになります。しかし、ほんとうに好きなものは、何度見ても飽きることがありません。

したがって、「見れど飽かぬ」ということは、

何度見ても飽きないほど好きだ
何度見ても飽きないほど見事だ

ということを表現する言葉です。天皇が作った離宮を何度も見たいといえば、それは離宮を褒めると同時に、天皇を褒めることになります。

とある美術商が、こんな話をしてくれました。ほんものか、にせものか迷ったらしばらく飾るのだそうです。すると、にせものはすぐに飽きてしまうそうです。

たまさかに

「たまさかに」とは、偶然にということです。たとえば、突然に出逢ったりした場合に、「たまさかに」という言葉を使いました。

でも、考えてみると、出逢いというものは、常に「たまさかに」やってくるものです。計画して出逢うことなどできません。できませんというよりも、計画して逢うということを出逢うとはいえません。

私たちは、子供の時から、ものごとを行う時には計画的に行うようにと教育を受けてきました。たしかに、準備というものは、すればするほどに、成功の呼び水となります。しかし、人も人の世も、じつに不確実なものです。どんなに周到に計画していても、明日死ぬかもしれないのですから。

縁とは、そういう不確実な人の世を渡る知恵だと私は考えています。つまり、「たまさかに」出逢ったものを大切にして生きるということです。

たまかぎる

「ひかる」「てらす」「かがやく」という言葉について考えると、状態、状況に応じてどの言葉を使うか。その時々に、判断してゆくことになります。

「たまかぎる」の「かぎる」は、ちらちらと光が照り輝くことをいいます。すると「たまかぎる」という場合は、玉が発する光が照り輝くということをいうのでしょう。

では、玉が発する光とはどのような光なのでしょうか。私は、球体がほんの少し動いただけで光り方が変わるような光だと思います。見えたかと思うと見えない。見えないかと思っていたら見えた。そういう光でしょう。不確定で微妙なゆらめく光です。

「たまかぎる」という枕詞が、日、夕だけでなく、「ほのか」「はろか（遥か）」にかかるのも、そのためだと思います。古典を学ぶということは、古い言葉について考えるということですが、反対に現代の言葉だったら、どの表現にあたるのかと、考えることでもあります。

しきしまの

「しきしま」の「しき」とは、動詞「しく」で支配を表す言葉です。「しま」は、アイランドではなく、一つの小地域を指す言葉です。ヤクザ社会で、縄張りのことを「シマ」といいますが、これは「しま」の古い用法を伝えています。

「しきしまの」は、大和にかかる枕詞です。すると、大和朝廷が支配している大和というような意味となり、「しきしま」自体が、大和の別名のように考えられるようになりました。

平安時代の末期になると、「しきしまのみち」といえば、和歌のことを指すようになりました。つまり、「和歌こそが日本文化の代表なり」という考え方ができると、「しきしま」を日本の古い国号として積極的に使おうということになるのです。

私自身の大学停年のあいさつ文を書くならこう使いましょうか。

「この三十有余年、この学び舎《や》でしきしまの大和心を問い続けてきたわけですが、今となって日暮れて道遠しの感はいなめません。倍旧のご教示をよろしくお願い申し上げます。」

あとがき

執筆しながら、こんな本、いったい誰が読むのだろうかと、嫌になった。万葉集に使われている言葉なんて知らなくても生きてゆけるわけだし、その言葉を無理やりに入れてあいさつすることもあるまいに、と思ったからだ。

ところが、書き上げてみると意外にも、この本は私の代表作の一つになるかもしれないと、逆に思いはじめた。というのは、

万葉集の言葉を学ぶ
万葉集の言葉を学ぶことによって日本語の伝統に触れる
日本語の伝統に触れることによって深みのある言葉遣いができる

ということなら、本書を書いた「かい」もあるからだ。私たちは、学校や会社で常に次

のことを求められる。単純明快に、わかりやすく話しなさい、書きなさい、と。

しかし、果たして、それだけでよいのか？　それは、栄養的に偏りのないものなら、食品のかわりに薬品を摂取しなさいというのと同じだ。その食べ物独自の味わいや歯触りを楽しみ、器を見て楽しむ。料理を作ってくれた人に対して感謝の気持ちを持ち、友といっしょに宴をする楽しみを知る。食べ物のなかには、取れたての野菜や魚もあれば、三年漬け込んだ味噌もある。そういうことを知らずして、死んでゆくとすれば、まことに残念なことではないか――。

今の日本に求められているのは、深みのある思考に、深みのある言葉だ。どんなに統計の数字を並べたとしても、数字をどう読み取り、どう語るかは、人の思考によるものだ。私たちは、言葉でものを考えるのだから、その言葉の深みを知ってこそ、深みのある思考もできるのではないか。ようは、それを使う人のこころなのだ。

本書を読み返しながら、あぁ、万葉の言葉の伝統というものが、現代にも息づいているものなのだなぁ、と思われたら、筆者として、これほど嬉しいことはないと思った。

本書は、奈良大学で行った自主サークルの講義をもとにしている。睡魔と闘いながら粘り強く話を聞いてくれた佐伯恵果、郭恵珍、大場友加、西村潤、仲島尚美、吉田明美、太田遥、永井里歩の八賢人には、あらためてお礼を申し上げたい。

二〇一七年九月二十三日

福岡高宮の旧寓居にて亡母の魂まつる日に

上野　誠

さくいん

あ

か

な

は

〈著者プロフィール〉
上野誠（うえの・まこと）
1960年、福岡生まれ。国学院大学大学院文学研究科博士課程満期退学。博士（文学）。奈良大学文学部教授。第12回日本民俗学会研究奨励賞、第15回上代文学会賞、第7回角川財団学芸賞受賞。『さりげなく思いやりが伝わる大和言葉』（小社刊）、『万葉体感紀行』（小学館）、『大和三山の古代』（講談社現代新書）、『万葉挽歌のこころ――夢と死の古代学』（角川学芸出版）など著書多数。万葉文化論の立場から、歴史学・民俗学・考古学などの研究を応用した『万葉集』の新しい読み方を提案。近年執筆したオペラの脚本も好評を博している。

美しい日本語が 話せる 書ける 万葉ことば
2017年11月10日　第1刷発行

著　者　上野 誠
発行人　見城 徹
編集人　福島広司

GENTOSHA

発行所　株式会社 幻冬舎
〒151-0051　東京都渋谷区千駄ヶ谷4-9-7
電話　03(5411)6211(編集)
03(5411)6222(営業)
振替　00120-8-767643
印刷・製本所　中央精版印刷株式会社

検印廃止

ISBN978-4-344-03209-5　C0095
幻冬舎ホームページアドレス　http://www.gentosha.co.jp/

この本に関するご意見・ご感想をメールでお寄せいただく場合は、
comment@gentosha.co.jpまで。